BIBLIOTHÈQUE

DES

ROMANS GRECS,

Traduits en français.

TOME X.

A PARIS,

Chez {

GUILLAUME, rue du Bacq, n°. 940.

GIDE, place Saint-Sulpice, au grand Balcon.

LES AMOURS
D'ISMENE
ET
D'ISMENIAS.

A PARIS,

DE L'IMPRIMERIE DE GUILLAUME.

1797.

A MADAME

L. C. D. F. B.

MADAME,

Vous serez obéie. Je vais me mettre à l'ouvrage; j'y suis. Ce n'est pas peu pour un homme dont vous connoissez la paresse : je la croyois à l'épreuve, et sans des ordres aussi absolus que les vôtres, je ne me serois pas trompé. Tenez-moi quelque compte du sacrifice que je vous fais, il ne me restoit à vous faire que celui-là. Souvenez-vous, s'il vous plaît, que vous ne m'avez point assujéti à la sèche exactitude d'une traduction littérale : j'use de la liberté que vous m'avez donnée; je change, j'a-joute, je retranche : j'évite des fautes; j'en fais de nouvelles : vous gagnerez d'un côté, vous perdrez de l'autre. Les savans s'en scandaliseront : ils ne manqueront pas, si par hasard ils se donnent la peine de me lire, de me faire un crime de lèze-antiquité de ne point trouver dans mes amours d'Ismene et d'Ismenias celles d'Eusthathe. Je serois plus circonspect, si j'écrivois pour être imprimé ; car enfin je n'ignore pas qu'il faut ménager tout le monde : mais, MADAME, je n'écris que pour vous, et peu vous importe des idées et des expressions grecques, pourvu que vous ne trouviez les miennes ni bisarres, ni forcées. Je n'en suis guères plus à mon aise ; il faut vous amuser et vous plaire, deux choses peu faciles ; je n'entreprends ni l'une ni l'autre. Je vous l'ai déjà dit, je ne fais qu'obéir. Un auteur ne peut s'abstenir d'une Préface : celle-ci sera courte ; elle est finie. Songez au reste que c'est Ismenias qui va parler, dès que je vous aurai assurée que je suis avec beaucoup de respect ;

MADAME,

Votre très-humble et très-obéissant serviteur ***

PRÉFACE.

QUELQUES auteurs, voulant donner de la célébrité à leurs insipides productions, les ont annoncées comme traduites du Grec: cela s'est répété si souvent, que le public est actuellement en garde contre ces sortes de titres. Ce n'est point ici le cas de cet ouvrage ; il existe réellement en cette langue. M. Huet en parle quelque part; mais il le croyoit dans la bibliothèque du Vatican. On l'y a cherché inutilement; il ne s'y est rencontré que la vie d'un certain Chariton, qui mourut pour la foi chrétienne. Le savant P. de Montfaucon, qui l'avoit vu dans son voyage d'Italie, en fait mention dans son *Diarium Italicum*. Ce manuscrit se trouve dans la bibliothèque de l'abbaye florentine

a

à Florence; il contient, entre autres
écrits tant sur des matières qui ont
rapport à la religion, que sur des
sujets profanes, *les Amours de
Daphnis et de Chloé*, par Longus;
de Leucippe et de Clitophon, par
Achilles Tatius; *d'Abrocome et
d'Anthia*, par Xénophon d'É-
phèse, dont M. Cocchi, connu de
tous ceux qui ne sont point étran-
gers dans la république des Lettres,
a donné une édition à Londres
in-4°., en 1726 (1), et ceux *de
Chereas et de Callirrhoë*, par Chariton. M. Salvini, qui s'est fait un
nom par son érudition profonde
et les traductions en vers italiens
de plusieurs poètes grecs, et le
même M. Cocchi, avoient copié

_____

(1) Quelques savans ont fait des remarques sur cet Ouvrage dans les *Mis-
cellaneæ Observationes* imprimées à
Amsterdam.

ce manuscrit, dans l'intention d'en faire part au public. La mort surprit M. Salvini, avant qu'il pût effectuer ses desseins; et M. Cocchi, occupé d'affaires plus sérieuses et plus importantes, remit sa copie à M. d'Orville, célèbre professeur en Histoire à Amsterdam, qui se trouvoit pour lors à Florence, et lui permit de le publier. Chariton ne pouvoit tomber en des mains plus habiles. M. d'Orville l'a fait imprimer *in*-4°. en 1750, à Amsterdam, et l'a accompagné de remarques pleines d'érudition sur une infinité de passages d'auteurs grecs et latins, ou mal entendus ou corrompus, qu'il explique et corrige par des conjectures heureuses, ou à l'aide de bons manuscrits; remarques qui seules devroient faire rechercher cet Ouvrage de toutes les personnes qui ont du goût pour

les Lettres grecques et latines. M.
d'Orville étoit né à Amsterdam en
1696 (1), d'une famille originaire
de France. Il étudia sous les plus
habiles professeurs, M^rs. Hoogs-
tratanus, Hemsterhuis, Gronovius,
Heyman, Schaf, Sculting, Noodt,
etc., dont le nom seul fait l'éloge. Il
n'est donc point étonnant que M.
d'Orville, qui joignoit à beaucoup
d'esprit et de sagacité naturels une
prodigieuse ardeur pour les Lettres, y ait fait de si grands progrès.
Les *Observationes Miscellaneœ,*
qui ont paru sous ses auspices à
Amsterdam, en 10 vol. *in-8°*, et
les Nouvelles qui font 4 vol., con-
tiennent beaucoup de remarques
de sa façon, et de dissertations cu-

_____

(1) Voyez son oraison funèbre par
Pierre Burmann le jeune, neveu du célèbre Burmann.

rieuses et pleines d'érudition. Il donna en 1737 un Ouvrage intitulé : *Critica Vannus in inanes Joh. Corn. Pavonis Paleas, in quá plurimi scriptores, cùm veteres tùm recentiores explicantur, emendantur, vindicantur,* Amsterd., *in-8°.*, vol. de 6 à 700 pages. Il n'épargne point, dans cet écrit, un nommé Jean Corneille de Paw (1), homme médiocre-

_____

(1) Ce de Paw débuta par une brochure infàme contre le célèbre Bentley, à l'occasion des remarques que ce savant avoit faites sur la mauvaise édition des *fragmens de Ménandre,* de Jean le Clerc. Il y cherche à pallier et à excuser toutes les bévues de cet éditeur. Sa brochure est intitulée, *Philargyrii Cantabrigiensis emendationes in Menandri et Philemonis reliquias.* Amst., *in-8°.* Il nous a ensuite donné d'assez mauvaises éditions d'*Hephestion* ; Utrecht, 1726,

mentsavant, d'un caractère agreste
et féroce, que le commerce des
Lettres n'avoit pu adoucir. Ce
littérateur, dans les différentes
éditions qu'il a données de plusieurs auteurs grecs, avoit attaqué, sans ménagement et avec
la plus grande grossièreté, les
noms les plus respectables dans
la république des Lettres, et M.
d'Orville même, quoiqu'il lui eût

---

in-4°.; des Hyérogliphes d'Horapollon,
Utrecht, 1727, *in-4°.; Phile, de anima-
lium propriet.*, Ultrajecti, 1730, *in-4°.;
Anacréon*, Utrecht, 1732, *in-4°.; Quin-
tus Calaber, in-8°.*, Leyde, 1754; les *Let-
tres d'Aristœnete*, Utrecht, 1737, *in-8°.;
Theophrasti Characteres*, grœc. et lat.,
Trajecti ad Rhenum, 1737, *in-8°.; des
Notes sur Pindare, in-8°.*, Utrecht 1737;
Phrynicus, Utrecht, 1739, *in-4°.; Es-
chyle*, La Haye, 1745, *in-4°.*

des obligations. Je ne puis mieux comparer ce Jean Corneille de Paw qu'à un littérateur Italien(1), mort depuis quelques années, qui,

---

(1) Il s'appeloit Jean-François Corradini de Allio. On a de lui :

Caïus Valerius Catullus in integrum restitutus ex manuscripto, (*) nuper Romæ reperto, Venetiis 1738, *in-fol.*

M. Tullii Ciceronis Academica ex cod. m^{ss}., ad veram lectionem restituta, in-8°., ibid. (**).

(*) Ce manuscrit n'a jamais existé. Dans cette édition tout est changé, altéré, tronqué, et le commentaire révolte par la barbarie du style et l'ignorance profonde qui s'y rencontre; et c'est cependant cette mauvaise édition qui a servi de modèle à celle de *Coutelier*, dirigée par l'abbé *Lenglet Dufrenoy*, et ensuite à celle de *Barbou*.

(**) Voici comme il parle dans sa préface de Copernic, de Descartes, etc. : *Multa porrò quæ indigebant explicatione, fecimus clariora, non*

avec une impudence à nulle autre
pareille, a attaqué, dans un mauvais commentaire sur Catulle, ce
qu'il y a eu de plus distingué dans
les Lettres, et s'est en particulier
déchaîné contre les Français. M.
d'Orville, las de se voir continuel-

Idem, *in Frontinum, de Aquæ-duc-
tibus urbis Romæ*, in-4°., *ibid.* 1742.

Ejusdem *Lexicon latinum criticum,*
in-4°., *ibid.* 1742.

Ejusdem, *Satiræ et Epigrammata,*
in-4°., *ibid.* 1751.

*solùm si spectes verba et sensus, sed etiam
ipsam philosophiam quam tractat M. Tullius,
undè Copernicus, Cartesius, Gassendus, Gali-
læus, et quidquid horum nugatorum est, doc-
trinam hauserunt suam.*

Il n'est point marqué en quelle année cette
édition a paru; mais il faut qu'elle soit posté-
rieure à l'édition de Genève du *Cicéron* de
M. l'abbé d'Olivet, puisqu'il en parle au commencement de sa préface.

lement

lement en butte aux traits d'un ignorant plein d'arrogance, lui en lança, à son tour, qui étoient trempés dans le fiel le plus amer. Je n'aurois point parlé de cet ouvrage, qui n'auroit été qu'éphémère, s'il n'eût contenu que des traits de satyre; mais il a su le rendre intéressant et digne de la recherche de tous les savans par les excellentes observations qu'il y a jointes. Il se préparoit à nous donner une nouvelle édition de Théocrite et de l'Anthologie, à laquelle il auroit joint celle qui n'a point encore été imprimée, et dont M. Reiske a donné la plus grande partie, lorsque la mort l'enleva, le 14 septembre 1751.

(1) M. Reiske, un des plus savans hommes qu'il y ait actuelle-

_____

(1) M. Reiske nous a donné une édition du cérémonial de la Cour Bisan-

b

ment en Allemagne, se chargea de
la traduction latine, à la prière de
M. d'Orville. Quoique faite avec
précipitation, comme on nous l'ap-

---

tine. *Lipsiœ*, 2 vol. *in-fol.*; (Ouvrage
qui n'avoit jamais paru. Le premier
vol. est de 1751, et a été revu jusqu'à
la page 222 par M. Leich, jeune homme très-savant, que la mort a enlevé
au milieu de sa carrière; le reste de ce
vol. et le second imprimé en 1754, sont
de M. Reiske); une traduction latine des
Annales d'Abulfeda écrites en Arabe,
Lipsiœ, *in-4°*. Il a revu la seconde
édition du *Petrone* de Pierre Burmann.
Amst. 1743; *in-4°*. La première édition
est de 1709. Peut-être M. Reiske auroit-
il mieux fait de n'y pas joindre ses observations, puisqu'il ne s'étoit chargé
que de la revision ; mais le public y auroit certainement perdu, quoi qu'en dise
Pierre Burmann le jeune dans un aver-
-tissement qu'il a placé à la tête de cette

prend dans la préface, elle est é-
crite avec beaucoup d'élégance, et
en général très-fidèle. Je m'en suis
quelquefois écarté, quand il m'a

édition du *Pétrone*. Au reste ce (*) Pierre
Burmann est neveu du savant Burmann,
dont nous avons tant d'éditions d'auteurs
latins. On peut voir la défense de M.
Reiske, pages 93, etc., 272, etc., 489,
etc. et 650, etc., du sixième volume

(*) M. Burmann le jeune nous a donné *Had.*
Valesii Emendationes, etc., Amst. 1740, *in-4°.*;
Nicol. Heinsii Adversaria, *ejusdem notæ ad Ca-*
tullum et Propertium, Haslingæ, 1742, *in-4°*;
Virgilii Opera, *cum notis rariorum*, Amster.,
1744, 4 vol. *in-4°*. (C'est un Ouvrage posthume
de son oncle.) *Specimen Anthologiæ Latinæ*,
Amst. 1747, *in-4°*. (Consultez l'Extrait qui en a
paru dans les *Acta Erudit.*, anno 1748), *Petri*
Lotichii, *secundi solitariensis*, *Poëmata om-*
nia, etc., recensuit, notis et præfatione instru-
xit *Pet. Burmannus secundus*, Amst. 1754; 2
vol. *in-4°.*; *Anthologia veterum latinorum Epi-*
grammatum, etc., Amst. 1759, *in-4°*. (Voyez

paru qu'il n'avoit pas tout-à-fait
bien saisi le sens de son auteur. Il
y a joint aussi quelques conjectu-

---

des *Miscellanea Lipsiensa nova.* On y
trouvera des remarques qui pourront
beaucoup faciliter l'intelligence de cet
auteur. Il nous a aussi donné dans ces
Mélanges imprimés à Leipsik de savantes observations sur *Hérodote,* etc.,
et cent dix-huit épigrammes galantes de
cette partie de l'Anthologie, qui n'avoit

les *Acta Erudit.,* an. 1759, où vous trouverez
une critique très-judicieuse de cet Ouvrage ; elle
est de M. Reiske. Au lieu de dire des injures à
ce savant, M. Burmann auroit dû profiter des remarques qu'il avoit faites sur le *Specimen Anthologiæ Latinæ* ; et je l'exhorte à faire usage
de celles qui se trouvent dans cet Extrait dans
son second volume de l'Anthologie.) ; *Claudiani
Opera, cum notis rariorum,* Amst. 1760, *in-*4°.
(C'est un Ouvrage posthume de son oncle, mais
il y a joint des notes de sa façon.) ; *Aristophanis
Opera, græcè et lat., cum notis Bergleri,* Amst.
1760, *in-*4°. C'est un Ouvrage posthume de

res qu'il a exprimées dans sa traduction ; je les ai suivies en général, aussi bien que celles de M.
d'Orville, sans en avertir. Le lec-

---

jamais été imprimée. Il a supprimé les
277 premières, parce qu'elles ne rou-
loient que sur des amours qui ne sont
que trop communs, sur-tout dans les
climats chauds, et que les Grecs et
les Latins ont célébrés sans rougir. Il
nous a donné les 409 autres dans un
volume à part imprimé en 1754, à Leip-
sick, *in*-8°. ; il y a joint de savantes remarques. Nous avons aussi de lui, *Ani-*

Berglerus Transylvain, un des plus savans hommes de ce siècle, qui nous a donné une édition des
Lettres d'Alciphron, *Leipsik* 1715, *in*-8°. Les
Extraits de l'*Homère* de Barnes, et de l'*Héro-*
dote de Gronovius dans les *Acta Eruditorum*,
sont de lui. Il a fait encore quelques autres Ouvrages. On croit qu'il s'est fait mahométan à
Constantinople, où il est mort. M. Burmann le
jeune a joint une longue préface à son *Aristo-*
phane. On a aussi du même M. Burmann une

teur curieux n'a qu'à consulter les remarques de ces deux savans : mais, lorsque je m'en suis permis, ou que j'en ai tiré de quelqu'autre littérateur, j'en ai toujours averti dans mes remarques. M. d'Orville nous a donné dans les siennes plu-

---

madversiones ad Euripidem et Aristophanem; Lipsiæ 1754, in-8°.; trois vol. de Remarques imprimés à Leipsik, in-8°., le Iᵉʳ. en 1758, le 2ᵈ. en 1759, et le 3ᵉ. en 1761 (Le premier contient des observations sur Diodore de Sicile, historien dont nous avons une excellente édition par M. Wesseling, Amst. 1645, 2 vol. in-fol.); les Caractères de Théophraste; Dion Chrysostome et Dion Cassius, dont il a paru une bonne édi-

Préface à la tête des livres de rhétorique attribués à Cicéron, dont il a revu l'édition imprimée à Leyde, 1761, in-8°.; cette Préface est une dissertation en forme sur le véritable auteur de cet Ouvrage.

sieurs épigrammes de cette partie
de l'Anthologie qui n'avoit jamais
paru, avec plusieurs inscriptions.
Comme il n'y a pas joint de tra-

---

tion de M. Reimar, à Hambourg, 1750,
2 vol. *in-fol.* Il y a, dans le second volume, des remarques sur les Oraisons de
Lysias (*) et toutes les œuvres de Plutarque, excepté les vies des Grands
Hommes : le 3ᵉ. volume contient des

(1) Il y a une magnifique édition de cet auteur, imprimée *in*-4°. à Cambridge en 1739.
Elle est accompagnée de notes extrêmement savantes de Mrs. Markland et Taylor. Le même
M. Taylor nous a donné depuis le second et le
troisième volumes des Œuvres de Démosthène,
qui font desirer aux gens de Lettres d'en voir la
suite. Cette édition sera en cinq volumes ; il a
commencé par le troisième, parce que, les Oraisons qu'il contient n'étant pas aussi connues que
les Philippiques, les Olynthiennes, etc., il a cru
qu'elles piqueroient davantage la curiosité des
lecteurs ; et d'ailleurs il ne l'a fait qu'à la solli-ci-
tation du comte de Granville.

duction latine, j'ai cru faire plaisir en les mettant en français.

Il a paru en 1752 une traduc-

---

observations sur Thucydide, (*) Hérodote (**) et Aristide (***); *Petri Wesselingii Dissertatio Herodotea ad Tiberium Hemsterhusium*, Trajecti ad

(*) L'édition de Thucydide, de Duker, Amst. 1731, *in-fol.* est connue de tout le monde; mais l'unique édition de cet auteur qui ait paru en petit format, a été imprimée à Glasgow en huit vol. *in-8°.*, 1759. Elle est en général assez exacte.

(**) A l'égard d'Hérodote, M. Wesseling est sur le point d'en donner une édition qui sera beaucoup supérieure aux précédentes, si l'on en juge par son habileté reconnue, sa vaste érudition et par sa Dissertation sur le Père de l'Histoire.

(***) Il n'y a eu jusqu'à présent que trois éditions entières d'Aristide : la Iere. *chez les Juntes*, Florence 1527, *in-fol.* Elle est toute grecque; là 2de. *græc. et lat.*, *chez Paul Etienne*, Genève, 3 vol. *in-8°.*, 1604 (Il y a

tion

tion italienne de ce roman, sans nom du lieu, de l'imprimeur et du traducteur; mais l'on est sûr qu'elle est de M. Giacomelli, et l'on est bien fondé à croire qu'elle a été imprimée à Rome chez les Pagliarini. M. Giacomelli nous a donné depuis une excellente traduction en

---

Rhenum, 1758, *in-8°. -* On nous fait espérer de voir bientôt ici une tra—

des exemplaires qui portent 1611; mais c'est une ruse de libraire, afin de faire croire que c'est une nouvelle édition.); la 3e. *græc. et lat.;* Oxonii, 1722, *in-4°., curâ Som. Jebb.* Elle est bien imprimée, comme tout ce qui sort en général des presses d'Angleterre (*a*); mais elle n'est pas faite avec soin, et l'éditeur ne paroît

(*a*) *Qu'il me soit permis, à l'occasion des éditions Anglaises, de faire une petite digression. On a imprimé à Birmingham, petite ville du Warvickshire, renommée par ses beaux ouvrages de clincaillerie, un Virgile sans notes, in-4°. du plus grand papier. P. Virgilii Maronis*

c

vers non rimés, du *Prométhée en-
chaîné* d'Eschyle, et de l'*Électre*
de Sophocle, avec des remarques
très-utiles pour l'intelligence du
texte. J'ai consulté sa traduction
de Chariton en plusieurs endroits;
elle m'a paru purement écrite et
très-fidèle. On voit bien qu'il a

---

duction de cet auteur par le savant
abbé Bellanger qui a traduit l'histoire
romaine de Denis d'Halicarnasse, et

point avoir consulté l'édition de Florence. Il
seroit à desirer que M. Reiske voulût en donner
une édition. Il a traduit en Allemand les *Ha-
rangues de Thucydide*. Leip., 1761, in-8°.,

Bucolica, Georgica et Æneis, *Birminghamiæ;*
typis Joh. Baskerville, 1757. *C'est un chef-
d'œuvre pour le choix du papier et de l'encre,
et de la beauté des caractères, qui sont de
M. Baskerville, et l'exécution typographique.
J'apprends qu'il doit donner une édition aussi
magnifique d'Horace, et qu'on se dispose à
Oxford à imprimer avec des caractères de sa*

traduit d'après le grec, et qu'il n'a eu que très-rarement la version latine sous les yeux. Il seroit à desirer qu'il ne l'eût pas suivie en quelques endroits; mais ils sont en petit nombre, et n'empêchent pas que ce ne soit un ouvrage estima-

---

qui a fait d'excellentes remarques sur les œuvres de M. Rollin, et le dictionnaire géographique de la Martinière.

et il travaille aux *Acta Eruditorum*, le meilleur Journal qu'il y ait, et le plus ancien de ceux qui se sont soutenus jusqu'à présent, si l'on en excepte celui des Savans.

façon, les Tragédies d'Euripide, *en deux vol.* in-4°., *dont M. Musgrave sera l'éditeur. Ce savant nous a donné un échantillon de son édition par l'Hyppolite, qui a paru in-4°. à Oxford en* 1756. *Le même M. Baskerville a fait aussi imprimer à Birmingham les* Œuvres de Milton *en deux volumes in-8°.,* 1760. *Le papier et le caractère en sont aussi beaux que ceux du* Virgile.

ble : c'est une justice que je me
fais un plaisir de rendre à ce savant. Passons maintenant à l'auteur vrai ou supposé de ce roman.

On ne sait ni son véritable nom
ni celui de sa patrie ; quoiqu'au
commencement de son ouvrage, il
se nomme Chariton d'Aphrodise,
ville de Carie, et secrétaire du rhéteur Athénagore, il y a cependant
grande apparence que le tout est
feint, de même que l'histoire qu'il
raconte : l'un en effet signifie les
Grâces, et l'autre, par un léger
changement, Vénus. On ignore en
quel tems il a vécu, parce qu'aucun écrivain ancien ou moderne
n'en a parlé. M. d'Orville conjec-
ture, d'après son style, qu'il est
postérieur à Héliodore, Achille
Tatius, Longus et Xénophon d'É-
phèse. La qualité de secrétaire du
rhéteur Athénagore qu'il prend

n'avoit rien d'ignoble parmi (1) les Grecs et les Syracusains, comme, chez les Romains, Eumène (2) l'a-

---

(1) Il y a cependant quelque exception à faire. Le titre de secrétaire n'avoit rien d'honorable, par ex., chez les Athéniens. *Voyez* les remarques de M. d'Orville, p. 8.

(2) *Itaque eum habuit (Philippus) ad manum scribæ loco ; quod multò apud Graïos honorificentius est quàm apud Romanos. Nam apud nos re-verâ, sicut sunt, mercenarii scribæ existimantur; at apud nos contrariò nemo ad id officium admittitur, nisi honesto loco, et fide, et industriâ cognitâ, quòd necesse est omnium consiliorum eum esse participem.* Corn. Nepos, Eumen. § 1. Cependant il paroît par Plutarque que, parmi les Macédoniens, les secrétaires n'étoient pas aussi distingués que parmi d'autres peuples de la Grèce, et que, si Philippe mit Eumène au nombre de ses amis, ce fut à cause des bon-

nes qualités qu'il lui connoissoit d'ailleurs, et de la liaison qu'il y avoit entre
lui et le père d'Eumène ; voici comme
il s'exprime : «Après la mort de Philippe,
comme il (Eumène) ne paroissoit in-
férieur ni en prudence ni en fidélité,
à aucun de ceux qui étoient auprès
d'Alexandre, il le mit sur le même
pied que ses principaux amis, quoiqu'il
fût secrétaire en chef, lui donna le
commandement de l'armée qu'il envoya
dans l'Inde, et l'éleva au poste qu'oc-
cupoit Perdiccas, lorque celui-ci rem-
plaça Héphestion à sa mort. Aussi,
Alexandre étant mort, Néoptolème,
chef des troupes armées de boucliers,
ayant dit après la mort d'Alexandre,
qu'il l'avoit suivi avec une pique et un
bouclier, et Eumène avec un style et
des tablettes, les Macédoniens se mo-
quèrent de lui, parce qu'ils savoient,
qu'outre les honneurs que le roi lui
avoit conférés, il lui avoit fait aussi

Damas d'Hérode (1). D'ailleurs il n'est pas vraisemblable que, dépendant de lui de prendre le titre qu'il souhaitoit, il en eût été choisir un qui l'eût avili aux yeux des lecteurs. L'Athénagore, dont il se suppose le secrétaire, ne peut être autre que celui qui avoit tant de crédit parmi le peuple de Syracuse, et qui étoit opposé à Hermocrate. *Voyez* Thucydide, *liv*. 6, §. 35, 36 *et suiv*. Car notre auteur suit autant qu'il peut l'Histoire. Hermocrate a été un des principaux auteurs de la défaite des Athéniens; Artaxerxe vivoit dans le même tems; Ariston, Athénagore jouoient alors à Syracuse le plus grand rôle.

épouser Bursine, sœur d'une de ses maîtresses». Voy. *les Vies de Plut.*, *græc.* et *lat.*, Londini, 1723, 3ᵉ. vol., pages 337 et 338.

(1) Voyez Constantin Porphyrogenète, dans l'histoire byzantine.

En se faisant donc passer pour le secrétaire d'Athénagore, on doit le
croire bien instruit de tout ce qui
arriva de son tems au fils d'Ariston et à la fille d'Hermiocrate.

A l'égard du roman même, je
n'en dirai rien. Je ne veux point
prévenir mes lecteurs ; que chacun en juge suivant la manière
dont il s'en trouvera affecté. J'a-
jouterai seulement, en finissant
cette préface, que j'en ai lu, il y
a quelques années, dans le *Journal Étranger*, un extrait étendu,
qui m'a paru de main de maître.
Cela m'avoit d'abord détourné d'en
donner une traduction; mais ayant
considéré qu'après tout, ce n'étoit
qu'un abrégé, j'ai cru faire plaisir
en donnant l'ouvrage entier, et que
ceux qui avoient les autres romans
grecs, ne seroient point fâchés d'y
joindre celui-ci.

LES AMOURS

D'ISMENE

ET

D'ISMENIAS.

La ville d'Eurycome est située dans un pays charmant. La mer l'environne d'un côté; de l'autre, d'agréables prairies, arrosées de rivières, plantées d'arbres, offrent aux regards tout ce que la nature a d'aimable dans sa simplicité. A l'abri des vents, les vaisseaux y trou-

A

vent en tout tems un port vaste et com-
mode : attirées par la fidélité du commerce, les nations y abordent en foule.
Les mœurs de ses habitans sont douces;
ils sont l'exemple et le modèle de la
Grèce. Plus religieux que les Athéniens
même, leur piété les rend célèbres et
respectables. Le culte des autels, le soin
des sacrifices, le choix des offrandes
qu'ils destinent aux dieux : voilà, pour
ainsi dire, leur unique occupation. Ce
sont eux qui prescrivent les jours sacrés:
leurs cérémonies sont éclatantes et ma-
jestueuses. Jupiter les protège; tous les
dieux les chérissent. Par une ancienne
coutume, ou plutôt par une loi inviolable, ils assemblent tous les ans dans
le temple de Jupiter les jeunes garçons
de leur ville, qui n'ont point encore
aimé; on en choisit au sort parmi eux,
pour aller annoncer le jour de sa fête
aux villes voisines. Il faut que, maîtres
de leurs cœurs, ils reviennent indifférens comme ils sont partis. Si quelqu'un

manque à ce devoir essentiel de son emploi, un châtiment sévère attend le prévaricateur à son retour. Je fus du nombre, et destiné pour Aulycome, ville célèbre de la Grèce. Au sortir du temple, couronné de laurier, revétu des habits de mon ministère, le peuple me reçoit au bruit des trompettes, et mêle à ses acclamations les vœux les plus tendres, les plus empressés. L'un me félicite sur le choix du sort; ce sont les dieux, dit-il, qui l'ont conduit; l'autre, les larmes aux yeux de ce qu'il n'est pas tombé sur son fils, ne laisse pas de m'embrasser étroitement. Celui-ci, sans intérêt pour lui-même, me souhaite, m'augure un voyage heureux; celui-là, dans la vivacité de son zèle, se livre, pour me faire honneur, à tout ce que ce zèle lui suggère. La foule croît; je suis comme au milieu d'un fleuve agité par les vents. La joie est univer-selle; un même esprit, un même cœur en exprime les transports.

A 2

Je passe les événemens de mon voyage. J'arrive à Aulycome. J'y suis reçu, non comme un envoyé des dieux, mais comme un dieu même. Une multitude de peuple m'environne : la curiosité l'emporte sur le respect ; j'en suis accablé. Les rues sont parsemées de myrthes ; l'air exhale l'odeur délicieuse des parfums les plus exquis. Les filles et les garçons, couronnés de roses, parés des fleurs les plus brillantes, ne cèdent qu'à peine la place aux citoyens les plus illustres, qui s'empressent autour de moi. Tel Socrate étoit au milieu de ses disciples. Qui de nous, disoient-ils, aura le bonheur de le recevoir chez lui ? A qui donnera-t-il la préférence ? Je fus l'objet des vœux de tous; pour moi-même, j'ose le dire; et l'ambassadeur parut dans ce moment ne rien devoir à la majesté de son ambassade. Dangereux honneurs, que de larmes, que d'amertume vous ont suivis !

Sosthene l'emporta sur ses concurrens. Je monte sur son char : j'entre dans un palais superbe, dont je me trouve le maître ; j'en parcours les apparte-mens. Je passe dans le jardin, vrai séjour de délices et de prodiges. Les fruits y disputent d'éclat avec les fleurs ; la pourpre des violettes cède à celle des raisins : la vigne, surchargée de son poids, confond les unes avec les autres ; l'œil s'y trompe. Ici les myrthes, s'entrelaçant aux cyprès, forment un asyle impéné-trable au soleil. Là je vois des roses qu'un bouton naissant renferme en-core ; \j'en vois qui s'épanouissent : le zéphir folâtre voltige autour d'elles ; ses soupirs semblent les embellir. Plus loin les hyacinthes, les lys et les amaranthes imitent le mélange et la vivacité des couleurs, dont se pare la messagère des dieux, lorsqu'elle vient nous apprendre leurs volontés. Là se trouve en abon-dance tout ce que peuvent produire l'industrie et le travail assidu d'un jar-dinier attentif à plaire à son maître. La nature complaisante y concilie toutes les saisons. Flore et Pomone y sont dans tous leurs charmes, dans toute leur gloire.

L'œil étonné parmi tant de prodiges,
Craint du sommeil les effets séducteurs.
Sont-ils réels ces objets si flatteurs?
Ne sont-ce point d'agréables prestiges?

Surpris, enchanté, je crois être dans les jardins d'Alcinoüs ; et tout ce que les poëtes ont dit de l'Élisée, ne me paroît plus un ouvrage de leur imagination. Insensiblement je me trouve auprès d'une fontaine : il me fut aisé de l'admirer; il ne me le sera pas de la décrire.

D'une grotte rustique, où l'art n'a osé rien prêter à la nature, sort une eau transparente, dont le cristal liquide se précipite dans un canal revêtu de pierres simples, et, fuyant à travers un gazon fleuri dans un autre plus spacieux, va grossir une rivière, qui, s'étendant de droite et de gauche à perte de vue, termine ce réduit charmant. Le sommet

de la grotte est ombragé d'arbustes toujours verds ; jamais aucun mortel n'y a
porté sa main profane. L'un et l'autre
canal est bordé d'arbres épais, dont les
feuilles réunies entretiennent une fraîcheur éternelle. La douce rêverie, le
sommeil plus doux encore habitent dans
cette retraite. Un vieillard vénérable,
le Nestor de son siècle, l'air serein,
l'œil encore plein de feu, y méditoit
sur le néant des choses humaines, sur
la grandeur des dieux. Saisi de respect
à sa vue, je m'arrête de peur de l'interrompre. J'adore la divinité de ce
paisible séjour. Belle nayade, lui disois-
je, puisse votre eau toujours pure, toujours délicieuse, faire le plaisir de ceux
qui viendront la voir et s'y désaltérer.
Puissé-je moi-même apprendre auprès
de vous, que la plus brillante jeunesse
s'écoule comme votre onde.

Sosthene m'avertit qu'il étoit tems de
quitter mes habits de cérémonie, et
d'aller nous mettre à table ; je le suivis

à regret. Panthia sa femme, Ismene sa
fille, vinrent au-devant de moi. Après
nous être rendu les devoirs qu'exige
l'hospitalité, nous entrâmes dans la salle
du festin; il étoit digne de la magnificence du maître. On me força de prendre la première place; à la seconde étoit
Cratisthene qui m'avoit accompagné,
Cratisthene, le plus cher de mes amis,
ou plutôt un autre Ismenias. Ensuite
étoient un prêtre de Jupiter, Sosthene
et Panthia. Pour Ismene, elle étoit de-
bout; son père l'avoit chargée de verser
le vin : telle Hebé dans le ciel verse le
nectar aux dieux. D'abord la conversation fut sérieuse : mes hôtes me louè-
rent, me flatèrent; je me défendois
modestement : mais j'avois l'air con-
traint. Sosthene s'en apperçut; il eut
pitié de mon embarras : on changea de
discours; l'innocente gaieté s'empara de
nos esprits. Ismene, une coupe d'or à la
main, s'approche de moi, me la présente; je rougis, je baisse les yeux, je
n'ose

n'ose la prendre. Ismenias, me dit Sosthene, c'est à vous à commencer. Confus
de recevoir à mon âge tant de marques
de distinction, j'obéis. Je bus la santé
de Jupiter. Tous la burent à mon
exemple.

A peine avois-je encore regardé Ismene : grave ministre des dieux, je n'é-
tois occupé qu'à soutenir ma dignité.
Un regard échapé de mes yeux ren-
contra les siens : une douce surprise,
mêlée d'admiration, me couvrit d'une
rougeur modeste ; j'attachois ma vue
sur elle, je ne pouvois l'en arracher. Ce
n'étoit pourtant qu'un simple hommage,
ou plutôt qu'un hommage involontaire
que je rendois à sa beauté : mon cœur
n'y avoit point de part ; il étoit encore
sans mouvement. Aussi troublée que
moi, Ismene me présenta du vin une
seconde fois : ma main toucha la sienne ;
par un transport dont je ne fus pas maître, je la lui serrai, je reçus lentement
la coupe : mais il me sembla qu'elle fut

B

plus lente encore à me la donner. Dieux!
que devînmes-nous dans ce moment? Je
l'ignore. Comment exprimer ce qu'on
ne connoît pas? Nous fûmes remarqués.
Panthïa jeta sur elle un regard sévère;
elle en trembla. Par un regard plus sévère encore, Sosthene acheva de la dé-
concerter. J'étois si hors de moi, que je
ne m'en appercevois pas. Cratisthene
me poussa; tout d'un coup, tel qu'un
homme qui s'éveille au bord d'un précipice, je sentis mon imprudence, mais
je n'eus pas la force de m'en repentir.
On fut quelque tems sans parler. Cratisthene craignoit pour moi; je craignois
pour Ismene; elle craignoit pour elle-
même. Enfin Sosthene revenu de son
agitation, s'adresse à moi: Ismenias,
me dit-il, pourquoi, dans un jour consacré à la joie, nous laissons-nous aller
à la tristesse? Est-ce ainsi que nous ho-
norons Jupiter? Est-ce ainsi que nous
nous disposons à célébrer sa fête? Mon-
trez-nous que vous êtes sensible au plai-

sir que vous nous faites. A ces paroles
le trouble se dissipe : je vois la sérénité
renaître sur le visage d'Ismene; je re-
prens la mienne. Elle me donne encore
la coupe à diverses reprises : je parois la
recevoir sans empressement; et je la
rends avec la circonspection d'un homme
qui commence à réfléchir, d'un homme
qui soupçonne qu'on l'examine. Après
quelques discours enjoués, je prens une
lyre; je chante là gloire du souverain
des dieux, la naissance de Minerve, la
défaite des Titans, Lycaon puni, Phi-
lemon récompensé. Je le représente assis
sur son trône au milieu des immortels,
faisant trembler d'un clin d'œil le ciel
et la terre, et de ce même clin d'œil
rafermissant l'univers ébranlé.

Les applaudissemens m'interrompi-
rent. Il étoit tard ; on se lève. Conduit
dans l'appartement qui m'étoit destiné,
je vois entrer Ismene; trois esclaves la
suivent : leur beauté ne cède qu'à celle
de leur maîtresse. L'une porte sur la tête

un vase d'or plein d'eau de senteur ;
l'autre, un grand bassin de même mé-
tal ciselé par le divin Alcimedon, sur
lequel sont étendus des linges pliés avec
art : la troisième porte dans un vase
d'albâtre les parfums les plus précieux
de l'Arabie. Je fus obligé de permettre
qu'on me rendît un honneur dû à mon
emploi ; elles me lavèrent les pieds. La
religion justifie ce qu'elle ordonne ; Ismene elle-même, Ismene les essuya.
Que les dieux ne s'en offensent pas ; dans
ce moment je crus être Apollon dans le
bain au milieu des Heures. Cette cérémonie achevée, Ismene me dit avec un
souris enchanteur : Envoyé de Jupiter,
puisse ce dieu bienfaisant vous procu-
rer une nuit tranquille. Je voulus lui répondre ; elle étoit sortie. Je me mets au
lit : bientôt Morphée répand ses pavots
sur mes paupières appesanties ; un sommeil léger et paisible me retrace les
aventures du jour. Je les vois toutes par
ordre se succéder les unes aux autres,

ou

ou plutôt je ne vois qu'Ismene. Son embarras, sa rougeur, ses graces se pei-
gnent à mon imagination plus vivement
qu'ils ne s'étoient peints à mes yeux ;
ce n'est point un songe, c'est une réalité.
Je lui parle : je l'écoute avec un plaisir,
avec un intérêt qui me surprend, mais
qui me flatte ; je m'en demande la raison, je ne la trouve point : je cesse de
la chercher ; et, sans savoir précisé-
ment à quoi je me livre, je m'abandonne tout entier à des mouvemens qui
me séduisent, qui m'occupent, que mon
cœur adopte, qui lui deviennent naturels, qui lui deviennent nécessaires.

Cependant la nuit terminoit sa carrière; l'aurore dissipant ses ombres, an-
nonçoit à la nature le retour du dieu qui
la vivifie. Cratisthene entre dans ma
chambre ; il m'éveille. Ami, lui dis-je,
pourquoi venez-vous troubler les plus
doux momens de ma vie ? Vous-même,
reprit-il en ouvrant mes fenêtres, et me
montrant qu'il étoit grand jour, vous-

même, Ismenias, pouvez-vous dormir
encore ? La paresse sied-elle à un envoyé des dieux ? Ils me la pardonne-
ront, lui répondis-je, avec transport ;
ils ne nous font point un crime de leurs
faveurs. Alors je lui conte tout ce qui
m'étoit arrivé : je lui parle de ce qu'Ismene a fait pour moi ; je lui en parle
sans en connoître le prix, sans en mar-
quer à peine de la reconnoissance. Ma
froideur lui parut affectée ; il m'en fit
des reproches : cependant je ne lui ca-
chois rien ; mon amitié devoit lui répondre de ma franchise. Surpris de me
trouver si simple, il sourit, et, m'expli-
quant ce sourire : Ismene, continua-t-il,
Ismene vous aime. Bonheur imparfait !
Je vois que vous ne l'aimez pas. Qu'est-ce
qu'aimer, répliquai-je d'un air ingénu ?
Vous le saurez un jour ; peut-être ce jour
n'est-il pas loin. Qui me l'apprendra ?
Celui qui l'apprend aux hommes, aux
animaux, à tout ce qui respire ; le plus
grand des dieux, l'Amour, leur maître et

le vôtre. Et ce dieu, qui me le fera
connoître? Votre cœur; Ismene.

Son père vint à propos finir un entretien qui commençoit à me gêner ; j'eus
honte qu'il m'eût prévenu : sa visite fut
courte ; il emmena Cratisthene, pour
me donner le tems de m'habiller. J'ap-
pelai mes esclaves, et bientôt je fus en
état de joindre la compagnie. Elle étoit
nombreuse : j'eus à répondre à des com-
plimens; on trouva que je m'en acquittai
avec quelque grace. Ismene n'y étoit
pas; j'aurois voulu la voir. Cependant
son absence me donnoit une liberté d'esprit, que je n'aurois pas eue auprès
d'elle.

Ce jour n'eut rien de fort remarqua-
ble; les événemens en furent presque
les mêmes que ceux de la veille. Les
visites finies, nous allâmes voir la partie
supérieure du jardin, que nous n'avions
point vue ; les beautés en sont différentes ; l'art n'y a travaillé que pour le
plaisir des yeux.—

Nous entrâmes sur une vaste terrasse. A droite, élevés sur des pié-
destaux de marbre blanc, paroissent
huit groupes de bronze, ouvrage de
Vulcain, ou de ses élèves les plus ché-
ris; à gauche, règne une balustrade de
marbre de Paros. La vue, s'étendant sur
des côteaux éloignés, se promène agréa-
blement dans une plaine fertile. Cérès,
surpassant les vœux de l'avide laboureur,
y étale tous ses trésors; les épis dorés
tombent sous la faux, la terre en est
couverte : étonné de sa richesse, le
maître de tant de biens en rend graces
à la déesse. Un essaim nombreux d'in-
digens trouvent dans ce qu'il leur abandonne de quoi soulager leur misère. Là
des esclaves brûlés par le soleil, composent une montagne de gerbes entassées;
ici les bœufs gémissent sous le poids de
celles qu'ils emportent.

Pendant que je m'occupe de ce spectacle, Cratisthene considère les sta-
tues : je ne leur avois donné qu'une admiration

miration passagère; simple alors, je
n'étois touché que des objets, qui de
mes yeux alloient d'eux-mêmes à mon
cœur. Pour lui, qui avoit parcouru toute
la Grèce, qui s'étoit formé le goût
parmi les merveilles d'Athènes, de Del-
phes, et dÉphèse, il ne pouvoit se lasser de les louer. Ismenias, me dit-il,
voyez-vous cet Hercule ? Quelle force !
quelle impression ! quelle vérité dans
cette attitude ! L'air tranquille, la dé-
marche assurée ; son bras seul pourroit
soutenir cette énorme massue dont il
semble se jouer. Le lion, l'œil ardent, la
crinière hérissée, s'est acharné sur lui : sa
gueule s'est remplie de sang ; ses griffes
meurtrières en ont fait couler de tout le
corps du héros. Fils d'Alcmène, redou-
blez vos efforts : vous ne serez fils de Jupiter qu'après votre victoire. Un coup
terrible a terminé ce combat : le furieux
animal, la tête écrasée, est tombé à
vos pieds ; vous êtes vainqueur.

Voici, continua–t–il un objet plus

C

riant. Vénus reçoit la pomme des mains
de Paris. Croyez-vous, en la regardant,
qu'on ait pu lui disputer le prix de la
beauté? La joie brille dans ses yeux;
elle n'augmente point ses charmes:
mais elle les met dans tout leur jour.
Ces amours, qui badinent avec sa
ceinture, applaudissent à son triomphe;
et leurs ris malins insultent à la con-
fusion de ses rivales. Paris, moins flatté
du bonheur qui l'attend, qu'ébloui de
ce qu'il voit, semble remercier la déesse
du présent qu'il lui fait.

Quelle est celle-ci? Son air majes-
tueux et terrible inspire le respect et la
crainte. C'est Minerve, qui punit l'or-
gueil d'Arachné. Ce n'est plus cette au-
dacieuse mortelle qui avoit osé la défier; c'est une fille timide, l'épouvante
peinte sur le visage, qui fait de vains
efforts pour s'arracher à la main divine qui la terrasse. Examinez sa robe,
qu'elle même avoit brodée. Quelle élégance de dessin ! Quelle finesse de tra-

vail ! Ne diriez-vous pas qu'elle vole au gré des zéphirs ? Je ne condamne pas la vengeance de la déesse : mais je plains le sort de sa rivale.

Ce dieu s'annonce de lui-même ; boiteux, contrefait, les cheveux courts, la barbe épaisse. Il excite les Cyclopes, qui forgent la foudre ; leurs marteaux inégalement levés, sont prêts à tomber en cadence sur l'enclume. Que regarde-t-il avec une attention mêlée de plaisir ? Ce sont ces rêts industrieux, qui doivent envelopper Mars et Vénus, et les donner en spectacle à l'Olimpe assemblé. Ils échappent aux regards ; on peut mieux les sentir que les voir.

La déesse est ici dans une situation plus douloureuse encore. Un horrible sanglier vient de déchirer Adonis ; Adonis, le plaisir de ses yeux, les délices de son cœur. Sanglant, défiguré, la tête penchée sur ses genoux, elle reçoit ses derniers soupirs ; sa douleur ne peut être ni plus vive, ni plus vivement exprimée : ne passe-t-elle point en vous ? Malheureuse déesse ! Tu ne peux ni lui rendre la vie , ni mourir avec lui.

Ainsi Cratisthene m'expliquoit ces chef-d'œuvres de l'art ; ainsi il alloit m'expliquer les autres, lorsque, ne pouvant résister à ma curiosité, j'entre précipitamment dans un sallon que je trouve devant moi. L'architecture extérieure m'avoit frappé par ce je ne sais quoi, que le grand imprime dans ceux qui le regardent. Les ornemens les plus rares , les plus recherchés, placés l'un pour l'autre, s'y prêtent mutuellement du relief. Quatre grandes croisées s'ouvrent sur les quatre parties du monde. Le plafond attire les regards par un ciel peint si naturellement, que je crus qu'il étoit à jour. Les oiseaux volent ; l'air s'agite. Quelques nuages, répandus au hasard, s'éclairent des rayons du soleil. Il s'avance à pas de géant ; il est au milieu de sa carrière. Quatre tableaux remplissent l'espace qui se trouve entre les

fenêtres. Sous le premier est écrit, dans
un cartouche, le nom d'Apelle ; sous le
second, celui de Zeuxis ; sous le troisième, celui de Protogene. Soit que le
peintre n'eût osé mettre le sien, soit
qu'il eût voulu laisser aux connoisseurs
le mérite de le deviner, le quatrième
cartouche étoit vide. Je les parcours
des yeux ; je les examine avec attention ; je cherche à pénétrer le sens
mystérieux des emblèmes qui en font
le sujet. Immobile, enseveli dans la rêverie la plus profonde, mes idées se
développent et se rebrouillent ; ce que
je crois voir, n'est point ce que je vois
en effet. Tel un homme, dans les ténè-
bres épaisses de la nuit, apperçoit de
loin une foible lumière, qui le guide un
moment : elle s'évanouit ; l'obscurité redouble, il ne sait plus où il est.

 Savez-vous, me dit Cratisthene, en
me tirant par le bras, savez-vous que
tout ceci n'est point fait pour vous ? Ces
peintures pourroient donner atteinte à

cette indifférence qui paroît vous être si
chère. Je ne veux donc plus les voir,
lui répondis-je, en sortant avec précipitation. J'en avois pourtant assez vu,
pour ne pouvoir douter qu'elles ne fussent faites à la gloire de l'amour. Des
feux, des carquois, des fleches, des
chaînes, tous ses autres attributs : des
esclaves de tout âge, de tout caractère,
de toute nation, couronnés de roses,
jetent des regards passionnés sur de
jeunes filles négligemment parées; elles
fuient devant eux : mais elles se laissent
voir avant que de se cacher. O Vénus,
que ces dangereux objets sont dignes de
ton fils! Tout respire la molesse; tout
invite au plaisir. Plus pernicieux que
les gazons, les arbres rendent son triomphe plus séduisant. Heureux oiseaux !
il ne vous en coûte rien pour vous livrer
à ses feux; le plaisir en est la récompense : il nous en coûte à nous, le repos, la raison; et ce plaisir flatteur,
qui vous enchante, où le trouvons-nous?

Cratisthene , qui mieux que moi-
même lisoit alors dans mon cœur, me
dit : Ce dieu contre lequel vous vous
défendez, se rit de votre résistance, où
plutôt vous ne lui en faites plus. Votre
défaite est certaine; mais savez-vous
ce qui vous arrivera? Vous sentirez sa
puissance, sans éprouver ses plaisirs;
c'est la punition des indociles. Il ne travaille à notre bonheur, qu'autant que
nous travaillons de bonne grace à sa
gloire. Eh! repartis-je, au nom des
dieux, au nom de Jupiter, sous les auspices duquel nous sommes venus ici,
cessez un discours qui m'afflige. Je le
veux, reprit-il ; parlons d'autres choses.
Vous ressemblez à ces malades qu'une
fièvre intérieure dévore : ils pâlissent,
ils frissonnent; tout le monde s'apperçoit
de leur état; eux seuls croient affoiblir,
dissiper le mal, en se le dissimulant. Je
ne voulus pas me reconnoître à ce portrait; cependant il étoit d'après nature.

Nous changeâmes d'entretien; ce que

nous venions de voir nous en fournit
une ample matière. Est-il possible, lui
dis-je, qu'un homme passe ainsi de la
plus grande simplicité au luxe le plus
excessif? Un lieu seul peut-il renfermer
tant de choses opposées? Tels sont les
hommes, me répondit-il; les extrémités
se touchent dans leur cœur. On s'étonne
qu'ils ne s'accordent point entr'eux : on
ne songe pas qu'ils ne s'accordent presque jamais avec eux-mêmes. Émus,
entraînés par les objets présens, c'est
toujours le dernier qui leur paroît le
meilleur; c'est du moins celui qui les
détermine. A-t-il du rapport avec celui
qui l'a précédé? N'en a-t-il pas? Cette
discussion leur coûteroit trop : ils se l'é-
pargnent; ils ne reviennent jamais sur
eux-mêmes. Ils ne s'apperçoivent point
de la variété de leur conduite; ils se
persuadent même que les autres ne la
remarquent pas. Sans cette idée, sans
cette ressource de l'amour propre, il
faudroit qu'ils fussent toujours, ou réellement

lement raisonnables, ou qu'ils se trou-
vassent toujours extravagans ; voyez où
cela mène. Ne cherchons point à les
guérir d'une erreur qui les rend heureux ; la vérité les rendroit ridicules.
Graces aux dieux, repris-je , cela ne
nous regarde pas : vous êtes sage, et
j'ai envie de l'être. Votre exemple, vos
conseils m'aideront à le devenir. O mon
cher Cratisthene, que votre amitié m'est
précieuse ! Qu'elle m'est nécessaire !
Sans elle je ne ferois que des fautes ;
et, dans le caractère dont je suis revêtu,
je ne pourrois en faire que de grandes.
Désormais il ne me sera plus permis
d'être ignoré ; les yeux de mes compa-
triotes seront ouverts sur ma conduite :
si elle ne répond pas à leur attente, si
même elle ne va pas au-delà , plus ils
m'ont honoré, plus ils me mépriseront ;
tous les chemins de la fortune me seront
fermés. Opprobre d'une illustre famille,
il faudra que je m'exile, ou que je sois
pour elle un objet éternel d'humilia=

D

tion. Sainte amitié ! vous me préservez
d'un état si funeste ; vous augmentez
dans mon cœur l'attrait que vous y avez
mis pour la vertu : elle est votre com-
pagne fidèle ; elle aime ceux que vous
aimez. Ah ! Cratisthene, que ne puis-je
vous faire sentir ce que je sens moi-
même ! Divinité favorable éclairez mon
esprit, afin que je vous rende un tribut de
louanges dignes de vous. Quelle ardeur
inconnue me prête des expressions ! C'est
elle qui m'inspire. Mortels, écoutez-
moi. Fille du ciel, vous êtes le présent
le plus doux que les dieux dans leur
amour aient fait aux hommes. Vous pré-
venez leurs desirs ; vous allez à eux de
vous-même. Vous vous donnez gratui-
tement aux cœurs que vous avez pré-
parés à vous recevoir....Les profanes
ne la connoissent point ; ce qu'ils ap-
pellent amitié, n'en est qu'un vain fan-
tôme. Les liens qui les attachent n'ont
rien de pur, rien d'innocent ; le besoin
qu'ils ont les uns des autres, fait la base

de leur union. Les offres les plus empres-
sées, les protestations les plus tendres,
ne se rapportent qu'à ceux qui les font :
ils donnent par amour-propre ; ils re-
çoivent par cupidité. La reconnoissance
qu'excitent en eux les bienfaits, n'est
qu'un sentiment intéressé, qui ne sub-
siste qu'autant que l'espoir le soutient ;
ce ne sont point les graces reçues, qui
les touchent, ce sont celles qu'ils attendent : leur manquent-elles ? ils s'échappent, ils disparoissent. On se plaint de
l'ingratitude de ses amis; on abuse des
termes : les ingrats n'ont jamais aimé.
Quelle différence de ce qui se passe
entre nous ! Mêmes goûts, mêmes desirs,
même volonté; la joie et la peine, tout
nous est commun : vous ne respirez,
vous n'êtes heureux qu'en moi; je ne
respire, je ne suis heureux qu'en vous :
votre ame est la mienne, la mienne est
la vôtre. Douce communication ! Transports délicieux ! vous n'êtes point du res-
sort de l'esprit ! Vous êtes le partage du

cœur : seul il vous possède, seul il peut vous faire connoître.

Cratisthene m'interrompit de la sorte, en riant : Vous comptez peut-être que je dois vous remercier des choses flatteuses que vous venez de me dire ; non, mon cher Ismenias, je ne vous en remercîrai pas : Ismene en seroit jalouse ; ce soin la regarde seule. Ce que vous vous imaginez sentir pour moi, c'est pour elle que vous le sentez. Vous vous êtes fait illusion : vous avez cru louer l'amitié, la dépeindre ; vous n'avez loué, vous n'avez dépeint que l'amour ; on n'en parle pas si bien sans le sentir. Ma prédiction est accomplie : vous aimez ; cessez de vous obstiner à feindre, vous brûlez. Eh quoi, lui dis-je en soupirant, voulez-vous me désespérer par vos plaisanteries ? Je n'aime point, je ne veux point aimer. Loin de fournir à ce dieu cruel des armes contre moi, vous devriez m'aider à me défendre contre lui. Moi, reprit-il, que je m'op-

pose aux dieux! Ils m'en puniroient ;
vous-même, vous m'en sauriez mauvais
gré. Jupiter! m'écriai-je, tout m'abandonne; c'est à vous à me protéger. Allons, continuai-je, allons au temple achever les fonctions de mon ministère; et, si
la fuite seule peut m'arracher au péril
qui me menace, fuyons d'un lieu funeste
à mon innocence ; oui, Cratisthene,
je suis prêt à retourner à Eurycome; si
vous croyez que les charmes d'Ismene
soient capables de m'arrêter, empêchez-
moi de la revoir; si malgré moi je re-
fuse de vous suivre, entraînez-moi,
faites-moi violence. Je l'embrassois, en
parlant de la sorte : mes larmes bai-
gnoient son visage, je poussois des soupirs, je gémissois, mon cœur étoit serré;
je ne respirois plus. Pour comble de
douleur, il fallut me contraindre dans
un état si violent. Sosthene nous cher-
choit : nous l'apperçûmes, il nous joignit. Cratisthene l'entretint, pour me
donner le tems de me remettre de mon

trouble; ou d'en laisser moins paroître
au dehors. Soit qu'il fût occupé d'autres
choses, soit que j'eusse fait un effort sur
moi-même; il me sembla qu'il ne remar-
quoit point mon embarras. On avoit servi.
J'entre fermement résolu de ne point regarder Ismene. Je ne sais quel dieu me
fortifioit; mais je me trouvai dans un
calme dont je m'applaudissois: je ne sais
même, si, dans ma fausse sécurité, je
n'allai point jusqu'à défier l'Amour. Le
souper étoit encore plus magnifique que
le précédent; il étoit aisé de voir par la
délicatesse et la rareté des mets, que
Sosthene avoit été surpris la veille. J'eus
le loisir d'en examiner l'ordonnance.
Ismene n'y étoit pas; je desirois moins
vivement de la voir; je m'accoutumois
à son absence, j'étois tranquille, du
moins je croyois l'être. Jupiter, disois-
je tout bas, je vous rends graces; c'est
vous qui faites en moi un changement
si prompt, si heureux. Hélas! Jupiter
lui-même se jouoit de ma foiblesse.

Deux heures s'étoient écoulées, sans émotion sensible, sans inquiétude apparente de ma part. Déjà je me flattois que le danger étoit passé. Le festin finissoit; on alloit se lever de table. Instant fatal! Ismene, à la tête des plus belles filles d'Aulycome, entre d'un air modeste; à cette vue on se récrie; les regards de l'assemblée se partagent entre tant d'objets ravissans; ils ne savent auquel s'arrêter. Les miens furent bientôt déterminés. Ismene, vous les eûtes tous. Mon ame passa toute entiere dans mes yeux. Au son de sa lyre, ses compagnes se mêlent, se séparent; tout ce que l'art de la danse, tout ce que les graces naturelles peuvent produire, conduites, animées par Ismene, elles l'exécutent : cependant Sosthene ordonne à sa fille de chanter; on fait silence. Dieux! Quel son de voix! Quelle douceur! Quelle étendue! Quel goût! Quelle ame! Est-ce Philomele? Sont-ce les

Syrenes qui chantent ? Non , c'est
Ismene. J'étois saisi , hors de moi-
même. Cratisthene ne le remarqua
que trop. Voulez-vous, me dit-il à
l'oreille , voulez-vous encore partir
pour Euricome ? A peine l'entendis-je.
Plaisir enchanteur, que vous me coû-
tâtes cher !

Tout le monde étoit retiré : le ciel
étoit serein ; un calme profond régnoit
dans toute la nature ; seul, j'étois
agité : j'appele en vain le repos : il
fuit loin de moi. Mon trouble s'augmente par tout ce que je fais pour le
dissiper : il est extrême, il ne peut plus
croître ; j'en suis accablé, et je ne le
sens pas moins vivement. Insensé que
je suis ! Je veux encore m'en déguiser la
cause. Je me lève, je marche à grands pas,
je m'arrête, je me rejette sur mon lit,
j'en sors comme d'un bûcher embrâsé.
Tel un chevreuil, qu'une Nymphe de
Diane a blessé dans les forêts du Cyn-
the , fait de vains efforts pour arracher

le

le trait qui le déchire : il remplit l'air
de ses cris, il erre au gré de sa douleur,
il la porte par-tout ; rien ne la soulage.

J'étois dans cet état funeste, lorsqu'au milieu de la nuit une lumière
éclatante frappe mes yeux ; j'entends
un bruit terrible, semblable à celui du
tonnerre. Assis sur un char pompeux,
l'Amour s'offre à moi dans toute sa
gloire. Une foule de sujets l'environne ;
Ismenias, me crient-ils, reconnois le
souverain de la nature, prosterne-toi
devant lui et l'adore. Je me jette à ses
pieds sans savoir ce que je fais. L'A-
mour, un arc à la main, l'œil menaçant, le visage enflammé de colère,
rebute mon hommage forcé. C'est donc
toi, mortel audacieux, qui t'opposes à
ma puissance ? Seul, tu prétends m'é-
chapper. Ce dieu, dont tu te dis le ministre, ce dieu ne me résiste pas. Meurs,
téméraire : je ne veux plus d'un cœur
que tu m'as refusé ; je veux ton sang.
Tel qu'une victime qu'un prêtre va

E

égorger, j'attendois le coup mortel. Le bras levé, l'arc tendu, le trait fatal étoit prêt à partir, sa vengeance alloit être remplie. Tout-à-coup s'élèvent mille voix confuses d'admiration; l'Amour s'arrête et regarde : un silence respectueux s'empare de tous ceux qui composent sa suite. Je tourne la tête : j'apperçois Ismène, une couronne de roses sur le front, une guirlande de fleurs à la main; elle s'avance d'un air timide, mais dont les Graces régloient tous les mouvemens. Prosternée aux pieds du dieu, elle embrasse ses genoux; elle les arrose de ses larmes, elle n'ose parler, elle n'en a pas la force. L'Amour entendit ce silence éloquent. Quoi, Ismene, s'écria-t-il, en la relevant; vous vous intéressez, vous pleurez pour un ingrat, qui brave mon pouvoir et vos charmes! Laissez-moi le punir; votre gloire et la mienne demandent sa mort. Souverain des Dieux, lui dit-elle, d'une voix modeste, Ismenias ne vous résiste plus ; il est votre esclave, il soupire, il aime. O Ismene! vous lisiez dans mon cœur. Alors elle me tend sa couronne de roses, je la reçois de ses mains, je l'ajuste moi-même sur ma tête : l'Amour s'appaise, on applaudit à sa victoire. Tout disparoît.

Surpris et charmé de mon aventure, je ne sais si je dois me plaindre ou me féliciter. Plus d'incertitude sur mon état : je connois ma passion, j'en connois l'objet ; je me remplis d'idées agréables : mon imagination m'emporte ; je vole sur les ailes de l'espérance. Flatteuses chimères, où fuyez-vous? Pourquoi me laissez-vous à moi-même? Les mouvemens les plus impétueux m'agitent ; je brûle d'un feu dont l'ardeur me pénètre. Où vont mes desirs? Ismene, venez partager mes transports, cédez à mon impatience : vous m'aimez donc? Oui, vous m'aimez, je lis mon bonheur dans vos yeux ; les miens vous montrent mon ame toute entière. Qui peut vous arrê-

E 2

ter ? Quels monstres se présentent sur
mon passage ? Leur froid poison me
glace. Cruelle vicissitude, je ne puis
plus vous supporter.

Éveillé par mes cris, par mes sanglots,
Cratisthene entre dans ma chambre.
Ami, lui dis-je en soupirant, l'amour
s'est vengé : il vient d'épuiser sur mon
cœur toutes les fleches de son carquois,
tous les feux de son flambeau; j'aime;
qu'est-il besoin de vous l'apprendre ?
Ces roses vous le disent assez, et mon
trouble vous le dit encore mieux; j'aime,
continuai-je d'une voix entrecoupée. O
Jupiter ! O Vénus ! O Ismene !

Cratisthene répond à mes plaintes par
un long éclat de rire. Je craignois, me
dit-il, toute autre chose : calmez-vous,
et tâchez de dormir. A ces mots il veut
me quitter : je le retiens; je lui fais un
récit exact de la colère de l'amour, de
ses menaces, de son triomphe. Ismene;
poursuivis-je, Ismene m'a sauvé la vie,
que ne lui dois-je point ? Ismene m'a

rendu tendre, sensible : elle sera toujours l'objet de ma tendresse et de ma
sensibilité ; l'amour n'a plus de traits, il
ne peut me blesser pour une autre. Enfin,
reprit Cratisthene, vous voilà au point
où je vous desirois : vous aimez, et votre
passion vous est chère ; vous en êtes occupé, vous ne parlez que d'elle : je vous
écouterai demain, le sommeil m'accable,
adieu : il sort. Je me retrouve seul, je
me replonge dans mes rêveries. Insensiblement le calme succède à mon agitation ; une douce fraîcheur se coule
dans mes sens, je m'endors. Amour, le
sommeil respecte tes droits : les songes
obéissans prennent toutes les formes que
tu veux leur donner ; ils se réalisent dans
l'imagination de ceux à qui tu les envoies.
C'est vous, belle Ismene : vous baissez
les yeux, vous vous taisez ; que vois-je ?
Il semble que vous me fuyiez. Arrêtez :
je ne suis plus ce stupide Ismenias qui
ne connoît point le prix de vos bontés,
qui n'ose vous regarder, qui veut se

dérober à vos charmes; je suis un amant
vif, empressé: jouissez de votre ouvrage.
Qu'appréhendez-vous ? Ma constance
justifiéra la vivacité de mes desirs. Je
lui prends les mains, je les baise mille
fois, je la serre dans mes bras; tout le
feu de mon cœur passe sur mes lèvres,
je les imprime sur les siennes : elle résiste; elle veut s'échapper; l'Amour la
retient, il dissipe sa crainte, il augmente
ma témérité, nos soupirs se confondent,
ses yeux se remplissent d'une langueur
séduisante, elle se trouble, elle s'égare.
Désordre charmant! Une troupe offi-
cieuse d'amours écarte à coups de
fleches la pudeur qui fuit, les yeux
baissés. Amours, pourquoi mettez-vous
votre bandeau sur ma bouche ? Ne
craignez rien, je suis discret. Ismene,
vous pleurez; vos forces se raniment;
votre colère m'alarme : les transports
les plus passionnés doivent-ils offenser
une amante qui les a fait naître, qui
sembloit les autoriser ? Cher Ismenias,

modérez-en la violence, ménagez ma
foiblesse ; on respecte ce qu'on aime : si
vous m'aimez ; mes pleurs doivent vous
arrêter ; si vous ne m'aimez pas, vous
êtes trop cruel de me presser si vivement. Je craignois de lui déplaire ; mais
j'avois honte de céder. Étrange effet de
l'amour ! Je n'osois remporter une victoire, que je poursuivois avec ardeur.
Ismene, vous vous rendez : quel obstacle
me retient? Mes yeux s'obscurcissent, je
vous cherche, et ne vous trouve plus : je
reste sans voix et sans force ; il s'élève
en moi des mouvemens inconnus ; mon
cœur palpite ; mon corps frémit. Je
m'éveille. Dieux ! Si l'erreur d'un songe
a tant de charmes, quelle est donc la
douceur des véritables plaisirs? Reve-
nez, délicieuse illusion ! Je vous appelle
en vain ; Morphée est rentré dans son
palais. Je ne puis ni me lever, ni me
rendormir. Je m'abîme dans une foule
de pensées confuses, que je ne cherche
point à débrouiller ; je me retrace avec

complaisance toutes les particularités
de mon réve. Se souvenir d'un bonheur
imaginaire, c'est passer d'une chimère
à une autre; mais comme dit un poëte,

Souvent, en s'attachant à des fantômes vains,
Notre raison séduite avec plaisir s'égare;
Elle-même jouit des objets qu'elle a feints,
Et cette illusion pour quelque tems répare
Le défaut des vrais biens, que la nature avare
  N'a pas accordés aux humains.

Cependant les ombres de la nuit
avoient fait place à l'aurore. Elle-même,
fuyant les regards du dieu de la lumière,
étoit allée se jeter entre les bras du
mortel qu'elle aime. Je vais chercher
Cratisthene; nous entrons dans le jardin;
je passe dans le sallon. Ces tableaux,
que j'avois trouvés la veille si dangereux,
ne répondent plus à l'idée que je me suis
faite de l'amour : l'expression en est
foible, inanimée. Le peintre qui les a
faits n'aimoit point; il eût donné plus de
grace à l'amour, plus de feu, plus de
charmes. Les esclaves qui l'environnent,
                                    n'ont

n'ont point cet air de langueur et de ravissement, qui passe du cœur dans les
yeux, qui remplit, qui pénètre les vrais
amans. Mais, quoi, m'écriai-je ! parmi
tant de beaux objets, je ne trouve point
Ismene. N'a-t-il osé la peindre ? A-t-il
senti que la nature va quelquefois au-
delà des bornes de l'imagination, et que
l'art peut perfectionner ce qu'il invente,
mais qu'il reste toujours au-dessous de
la réalité ? Non, non ; il a eu raison
d'oublier Ismene : comment eût-il re-
présenté l'amour ? Elle eût embelli le
triomphe ; elle eût effacé le vainqueur.

Tout-à-coup changeant de discours,
j'adresse au dieu ces mots qui surprirent Cratisthene. C'en est fait, Amour ;
tu l'emportes : plus d'Eurycome pour
moi ; la patrie d'Ismene devient ma patrie ; je me fais citoyen d'Aulycome.
Ainsi donc, m'interrompit-il d'un ton
sévère, Ismenias oublie qu'il est l'envoyé
de Jupiter ; et, passant d'une extrémité
à l'autre, il se livre sans réserve à une

F

passion qui faisoit l'objet de toute sa
crainte! Ismenias, citoyen d'Aulicome!
Dieux! l'ai-je bien entendu? Ne songez-
vous plus que vous vous devez aux tendres empressemens d'un père qui vous
aime? Ne songez-vous plus qu'une mère
en pleurs vous attend? Objet de leurs
délices et de leur affliction, voulez-vous
leur donner la mort? Qui recevra leurs
derniers soupirs? Qui fermera leurs yeux?
Fils ingrat! la nature ne se révolte-t-elle
pas dans votre cœur? Cruel ami, m'écriai-
je, c'est vous qui m'avez perdu : je voulois
fuir; il en étoit tems encore : vous m'en
avez empéché. Quel instant choisissez-
vous pour m'arracher à moi-méme? O
Thémisthée! O Diantée! votre malheureux fils n'a plus la force d'écouter son
devoir : un funeste amour le rend insensible à votre tendresse, à vos larmes, à
tout ce qui n'est point Ismene. L'impé-
rieuse voix de l'honneur veut en vain se
faire entendre; cet honneur, dont les
droits m'étoient si précieux, ne forme

plus que des sons impuissans, qui par-
viennent à peine à mon oreille. En
parlant de la sorte, je regardois l'amour:
il s'applaudissoit de ma foiblesse; moi-
même je m'applaudissois du sacrifice
honteux que je lui faisois de ma raison.

Cratisthene en fut indigné. J'avoue,
me dit-il, que je vous ai prédit que vous
aimeriez : j'ai été plus loin, j'ai com-
battu vos scrupules; j'ai disposé votre
cœur à recevoir les impressions qu'Ismene méritoit d'y faire : je voyois que,
né tendre, vous ne résistiez que par
honte et par timidité; est-ce-là vous
avoir perdu ? Pouvois-je imaginer que
l'amour, qui fait naître, ou qui augmente la vertu dans les cœurs bien faits,
détruiroit la vôtre ? Non, mon cher
Ismenias, j'avois meilleure opinion de
vous, je l'ai encore : faites un effort sur
vous-même; le combat est pénible : mais
la gloire en est le prix. Aimez Ismene,
j'y consens : mais aimez-la d'une manière digne d'elle. Le mystère doit être

inséparable de l'amour; le moindre éclat
vous perdroit l'un et l'autre : vous êtes
amant, mais vous êtes ministre de Jupiter; vous êtes amant, mais vous êtes
fils. Ulisse est l'objet de votre admiration; qu'il soit le modèle de votre conduite : il préféra sa patrie à une déesse,
à l'immortalité même. Cet exemple ne
vous touche point; il vous faut un motif
plus pressant : je le trouve dans Ismene.
Connoissez le cœur des femmes : elles
aiment la gloire; la maîtresse la plus
passionnée seroit au désespoir que son
amant manquât l'occasion d'en acqué-
rir. Elle murmure contre cette gloire
cruelle, qui la sépare de l'objet de son
amour; elle soupire, elle gémit, elle
fond en larmes; elle veut qu'il soupire,
qu'il gémisse, qu'il pleure avec elle :
mais elle veut qu'il parte. Consultez
Ismene, vous verrez si je vous trompe.

Cratisthene se tut : je sentois la force
de ses raisons; j'en étois ému, pénétré:
mais j'avois la foiblesse de n'oser en

convenir. Mon silence lui faisoit peine ; mais il avoit pitié de mon agitation. Il apperçut Sosthene qui venoit à nous ; il m'en avertit : je n'eus que le tems de me remettre de mon trouble, ou du moins d'en cacher une partie.

Nous n'apprenons jamais que les derniers les choses qui nous intéressent. Sosthene, loin de se douter de mon amour pour sa fille, dont il ignoroit le commencement et les progrès, avoit sur elle de tout autres desseins ; les dieux ne permirent pas qu'ils s'accomplissent. Il nous dit, en nous abordant, que tout étoit prêt pour le sacrifice que nous devions offrir le lendemain à Jupiter. Après quelques tours de promenade, où la conversation ne roule que sur des sujets indifférens, nous entrâmes dans la salle du festin. Je crois qu'il fut plus magnifique encore que ceux qui l'avoient précédé : je laisse à Cratisthene à en juger ; pour moi, je ne vis qu'Ismene. Je fis toutes les étourderies d'un homme

de mon âge, qui commence d'aimer;
j'en fis d'autant plus, que je m'étois
promis d'en faire moins. Plus prudente
que moi, Ismene empêcha qu'elles ne
fussent remarquées. Si ma main s'ar-
rétoit sur la sienne, elle la retiroit
modestement, et sans affectation; si je
la regardois, elle baissoit les yeux; si je
voulois lui parler, elle détournoit la tête.
Au moindre mot, au moindre geste sus-
pect, ses regards m'avertissoient que
j'étois examiné; je me contraignois un
moment, du moins je croyois me contraindre : je me savois un gré merveilleux de ma discrétion; je me flattois
qu'Ismene lisoit seule au fond de mon
cœur. Que ceux qui aiment sont extravagans! Ils s'imaginent, au moment
même qu'ils se laissent voir tout entiers,
que l'amour met un bandeau sur les
yeux de ceux qui les observent, et
qu'ils n'ont que lui pour témoin de
leurs actions.

On déservit. Je ne sais si j'avois man-

gé ; et , si je n'avois pas touché la main
d'Ismene lorsqu'elle me présenta la
coupe, je ne me souviendrois pas d'avoir
bu : mais je me souviens que j'eus un
regard d'Ismene. Déesse, dont les tendres
sentimens ont passé dans mon cœur, ô
Vénus ! toi , dont les expressions vives
et flatteuses font sur les immortels autant
d'effet que tes charmes , Ismene m'a
regardé : tu m'as fait sentir la douceur
de ce regard , apprends-moi à en faire
connoître le prix.

Sosthene, me prenant par la main,
me parla de la sorte. Ismenias, il y
a trois jours que vous êtes ici; nous
avons coutume d'employer ce tems à
rendre aux ministres des dieux les honneurs qui sont dûs à leur personne et
à leur emploi. Charmés de vous avoir
parmi nous , croyez que nous voudrions
vous avoir toujours : mais il faut que
les plaisirs de l'hospitalité cèdent aux
devoirs de la religion. Partons demain
pour Eurycome ; le souverain des dieux

nous y demande un sacrifice : allez
vous reposer avec Cratisthene. Il dit,
et me laisse.

La foudre qui tombe avec fracas aux
pieds d'un voyageur surpris par les té-
nèbres, l'étonne moins que ne m'éton-
nèrent ces funestes paroles. Sans voix,
sans mouvement, je crus que la mort
d'un coup de sa faulx cruelle m'avoit pré-
cipité au fond du Tartare. A cette
muette douleur succédèrent des gémissemens, des cris douloureux. Non,
m'écriois-je, non, je n'abandonnerai
point Ismene : ma vie est attachée à sa
présence ; je veux vivre et mourir avec
elle.

Cependant elle se promenoit : je l'apperçus ; et, après m'être assuré qu'elle
étoit seule : Est-ce vous, lui dis-je, chère
Ismene ? Elle fuit, sans me répondre :
je la retiens par sa robe, je veux lui
voler un baiser. Ismenias, me dit-elle
en souriant, respectez votre ministère,
respectez-en du moins les ornemens
sacrés.

sacrés. Rien ne vous arrête. Un baiser vaut-il le danger où vous nous exposez l'un et l'autre ? On nous examine ; on nous voit peut-être. Ismenias, vous ne m'écoutez point. Que vous êtes différent de ce que vous étiez hier ? Modeste, timide même, vous n'osiez me regarder. Pendant qu'elle parloit ainsi, je tenois sa main dans les miennes; je la serrois, je la baisois, je l'arrosois de mes larmes. Hélas ! lui disois-je, en soupirant, je paie bien cher un moment de plaisir : je ne vous verrai plus ; je pars demain pour Eurycome. Et moi aussi, reprit-elle en s'échappant. J'entends du bruit, je n'ose la suivre. C'étoit Cratisthene, qui couché sous un myrthe épais, en avoit fait remuer les branches. Il vient à moi : je ne le reconnois point dans l'obscurité ; je l'évite, craignant que ce ne fût un esclave de Sosthene. Eh ! quoi, me dit-il, avec un sourire malin, un mouvement de feuilles vous fait peur ! C'est quitter trop

G

aisément une maîtresse, que vous ne
devez peut-être plus revoir. Partagez
ma joie, lui repliquai-je, en l'embrassant : Ismene vient avec nous; je le
sais d'elle-même : aidez-moi à la retrouver, elle est peut-être encore dans
le jardin. Non, reprit-il, je ne vous
suivrai point : vous aimez, votre af-
faire est de veiller; la mienne est de
dormir : je vous laisse avec un meilleur
second, c'est l'Amour. Là-dessus il me
quitte.

Je parcourus toutes les allées, tous
les détours ; je m'arrêtois, je prêtois
l'oreille, je n'entendois rien : j'appelois
Ismene, elle ne répondoit pas ; j'étois
inquiet, impatient. Il n'y avoit qu'un
moment que je l'avois vue : mais peut-on
trop voir ce qu'on aime? Je devois partir
avec elle le lendemain : mais ce lendemain me paroissoit trop éloigné; j'accusois les dieux, j'accusois Ismene : bientôt, pour la justifier, je me disois : Elle
ignore que tu la cherches. Elle l'ignore,

reprenois-je sur le champ ! Ne devoit-
elle pas l'imaginer ?

Enfin, après bien des plaintes et des
pas inutiles, je crus qu'elle étoit retirée.
Je me trompois : elle m'a dit depuis
qu'elle m'avoit entendu, mais que me
craignant, que se craignant elle-même,
elle avoit eu la force de résister; que
l'Amour avoit gémi dans son cœur de
se voir sacrifié à la vertu; qu'elle-même
en avoit gémi, et que, sans une de ses
esclaves, qui la joignit, elle n'auroit
peut-être pu se refuser au plaisir de
se laisser retrouver. Amour, s'il est
vrai que tu n'enflâmes les cœurs, que
pour les rendre heureux, pourquoi les
laisses-tu en proie à la crainte et au
préjugé ?

Je passai la nuit sans dormir. Le
sommeil craint, ou respecte les amans :
il sait qu'ils préférent à ses faveurs les
rêveries qui les occupent. L'ame, dans
cet état, charmée, ravie, hors d'elle-
même, communique au corps une douce

léthargie, qui lui tient lieu de repos.
Cette langueur, cet extase se sent
mieux qu'on ne l'exprime.

Un bruit confus de voix m'avertit
qu'il étoit tems de me lever. Sosthene,
entrant dans ma chambre, fut étonné de
me voir encore au lit. Ismenias, me
dit-il, tout est prêt pour notre départ ;
habillez-vous pour venir au temple. Nous
trouvâmes à sa porte tout Aulycome qui
nous attendoit. Nous y arrivâmes au
milieu des acclamations. La pompe de
ce jour égala celle du jour de mon arrivée : je reçus les mêmes honneurs ;
je ne pouvois en recevoir de plus grands.
Ismene ne put me parler ; mais je lus
dans ses yeux qu'elle en étoit flattée,
qu'elle se les approprioit : l'amour rend
tout commun entre les amans.

Le sacrifice achevé, nous nous embar-
quâmes. La navigation fut heureuse.
Notre vaisseau avoit été apperçu de
loin ; une foule de peuple couvroit le
rivage. Ismene fit la surprise et l'admi-

ration de tous ceux qui la virent. Je
présentai mes hôtes à mon père, et je
lui rendis compte, d'un air pénétré,
de la manière dont j'en avois été reçu.
Themisthée les en remercia en termes
si pleins de reconnoissance, qu'ils cru-
rent qu'il faisoit plus pour eux qu'ils
n'avoient fait pour moi. Dianthée com-
bloit Ismene de caresses; elle ne pouvoit
se lasser de la louer, et de la baiser :
j'en étois jaloux; mais, la baisant moi-
même, il me sembla qu'elle n'étoit
que dépositaire des baisers d'Ismene,
et que je les retrouvois tous sur sa
bouche.

Pendant que je recevois des compli-
mens sur mon retour, mon père faisoit
voir à Sosthene sa maison et son jardin :
l'une et l'autre étoient de son dessin.
Il n'y avoit point de ces beautés frap-
pantes, qu'on admire dans ces palais
superbes, où les Grecs voluptueux éga-
lent, surpassent aujourd'hui le luxe des
rois de l'Asie. Tout y étoit simple sans

négligence, propre sans faste, utile sans dépense; le goût et la sagesse du maître avoient suppléé aux ornemens. Sosthene, accoutumé chez lui au grand, au merveilleux, en soupira. O Thémisthée, s'écria-t-il, qu'il m'en a coûté de trésors, pour faire une maison moins agréable que la vôtre ! Heureux les hommes qui n'aiment, qui ne suivent que la nature !

Cette réflexion en fit naître d'autres, qui les menèrent jusqu'à l'heure du souper. On se mit à table; je ne dirai rien du festin. L'austérité des mœurs de Themisthée en avoit banni la profusion : mais elle n'en avoit exclus ni la délicatesse des mets, ni la propreté des services. Le sage n'est ni prodigue, ni avare; ami de l'ordre, il en fait la règle de toutes ses actions. Enfin, si nous tâchâmes de ne rien omettre de ce qu'exigent l'amitié et l'hospitalité, nous eûmes la satisfaction de trouver des hôtes sensibles et reconnoissans.

La conversation fut douce, enjouée:
ainsi s'entretiennent des personnes de
mérite, qui s'estiment, et qui commen-
cent à s'aimer. Nous voyions avec plaisir,
Ismene et moi, se former entre nos
parens une union qui flattoit la nôtre.
Espérance trompeuse! La fortune nous
conduisoit parmi des fleurs dans un précipice affreux, dont toute la puissance
de l'amour eut peine à nous retirer.

Vers la troisième veille de la nuit,
nos parens et tous ceux qui étoient
venus d'Aulycome, se rendirent au
temple de Jupiter; je ne les suivis point,
mon ministère m'en dispensoit. Pour
Ismene, elle étoit couchée, parce que
la bienséance ne permet pas que les
jeunes filles paroissent la nuit en public.
L'occasion étoit favorable; j'en profitai:
je savois que l'amour, qui la procure,
ne veut pas qu'on la laisse échapper.
J'entre dans sa chambre; elle s'éveille
et s'écrie. Ne faites point de bruit,
lui dis-je d'une voix basse, c'est moi,

C'est vous, reprit-elle avec surprise ;
et Sosthene et l'anthia, où sont-ils ? Ils
sont allés offrir un sacrifice au maître
des dieux : mais nous, belle Ismene, n'en
offrirons-nous point à l'Amour ? Oui,
continuai-je, sacrifions-nous à lui tout
entiers. Un baiser l'empêcha de me
répondre. Qu'il fut tendre ! Qu'il fut
délicieux ! Qu'il fut répété de fois !
Amour ! Que les prémices de tes faveurs sont séduisantes. Les graces les
assaisonnent ; la variété les renouvelle.

Nous étions seuls, j'étois jeune, j'aimois, j'avois des desirs ; Ismene en
sentit le danger. Elle veut s'arracher de
mes bras ; elle s'apperçoit que son cœur
et ses forces la trahissent ; elle gémit ;
elle pousse de profonds soupirs ; elle
fond en larmes ; elle a recours aux
prières. Que ne me dit-elle point pour
modérer mon ardeur ? Dieux ! Qu'elle
avoit de charmes en s'opposant à mon
bonheur ! Ses refus même la rendoient
plus aimable. Que ne peut point une
                                amante

amante tendre et vertueuse sur un amant délicat ? Je m'arrête. Esclaves de vos plaisirs, vous me blâmez ; je ne cherche point votre suffrage.

Ismene, moins pressée, me dit : Cher Ismenias, c'est à présent que je connois que vous m'aimez. Le don de mon cœur sera le prix du pouvoir que vous venez de me donner sur le vôtre : régnez sur ce cœur ; régnez-y seul, et comptez sur une fidélité inébranlable. Les dieux n'ont point fait naître une flamme si vive, si pure, pour la rendre malheu-reuse : ils mettront le comble à leurs faveurs, en nous unissant de ces liens éternels qu'eux seuls ont droit de for-mer. Prions-les d'en hâter le moment. Mon impatience secondera la vôtre. Allez, et recevez dans ce baiser un gage de ma foi. Hélas ! poursuivit-elle, ce sera le dernier que vous recevrez de votre Ismene. On va nous séparer pour jamais. Themisthée, ignorant ou dé-sapprouvant nos feux, vous choisit,

H

peut-être dans le moment, une épouse
plus charmante, plus accomplie. Cruel!
vous obéirez : mais que dis-je? Pourrez-
vous ne pas obéir? Je ne vous en fais
point un crime : vivez heureux, ou-
bliez-moi; je ne veux point que le souvenir d'une infortunée empoisonne vos
plaisirs : puisse l'amour en inventer de
nouveaux pour vous! Adieu, cher Ismenias; sortez : le jour paroît, on pourroit nous surprendre. Adieu : occupée de
votre idée, en proie à ma douleur, fidèle
à mes sermens, je vais passer les déplo-
rables restes d'une vie languissante dans
les larmes, et dans les regrets. Le cours
n'en sera pas long. Si j'ai quelque pouvoir sur vous, ne pleurez point ma mort;
elle n'est un mal que pour les amans
heureux.

Non, lui dis-je, non, belle Ismene,
on ne nous séparera pas. Mon père
m'aime ; mon bonheur lui est cher,
loin de me contraindre, il n'oubliera
rien pour engager le vôtre à vous ac-

corder à mes desirs. Themisthée a de la
naissance : il est riche, il a des vertus;
son alliance n'est point à mépriser : mais
enfin, si Sosthene ne me trouve pas digne de vous, si mon espoir est trompé,
j'atteste cet amour que vous m'avez ins-
piré; j'atteste ces charmes que j'adore,
qu'Ismenias ne brûlera jamais que pour
Ismene. Vous voulez que je compte sur
votre cœur. Eh! pourquoi ne comptez-
vous pas sur le mien? Votre constance
vous répond de la mienne; je vous aimerois, même infidèle. Oui, si Jupiter
me laissoit maître de mon sort, s'il me
permettoit de choisir parmi toutes les
déesses, je leur préfererois Ismene. Si
Vénus elle-même m'offroit l'immortalité, j'aimerois mieux mourir avec Ismene, que d'être immortel avec Vénus.

Il étoit tems de nous séparer. A peine
étois-je sorti de sa chambre, que la
compagnie rentra. J'allai me coucher.
Jamais sommeil ne fut plus tranquille
que le mien. Qu'on ne dise plus qu'on

trouve dans les songes des présages heureux ou funestes du bien et du mal qui
doit nous arriver. Je n'en eus que d'a-
gréables.

Sûr du cœur d'Ismene, la douce sérénité brilloit sur mon visage. Cratisthene en badina ; je le désabusai. Ma
joie dura peu. Sosthene, s'adressant à
mon pere, en présence de nous tous, lui
parla de la sorte. Sage Themisthée, ce
n'est point à nous, c'est à Jupiter que
se rapportent les honneurs que vous nous
rendez : auteur de vos bienfaits, il en
sera la récompense ; hâtons-nous de lui
en rendre graces par un nouveau sacrifice. Des affaires importantes me rap-
pellent à Aulycome ; ma fille ne sait
pas que la chose la regarde ; persuadé
de son obéissance, je l'ai promise, sans
lui en parler. Le jeune homme que je
lui destine est aimable ; il a des mœurs,
de la naissance, de l'esprit ; il m'est
attaché : je me donne un fils plutôt
qu'un gendre. Il me presse de lui tenir

parole ; je cours l'exécuter. Voulez-
vous que rien ne manque à leur bonheur ? Honorez leurs noces de votre présence ; et vous, charmant Ismenias,
venez en embellir la pompe.

. Que devins-je à ces mots ? Un froid
mortel s'empara de tous mes sens : je
ne sais si mon trouble fut remarqué ;
mais je sais qu'il fut extrême. Ismene,
accablée par ce coup imprévu, pâlit,
et, mettant ses mains sur ses yeux, elle
feint un violent mal de tête : on l'emporte ; on la met au lit. Panthia, inquiète
de la santé de sa fille, dont le mal augmente, reste auprès d'elle, et ne la
quitte qu'à regret, pour aller au temple.
Tandis qu'on se dispose à s'y rendre,
je me dérobe ; on m'appelle, je ne ré-
ponds point ; et, sans songer à quel danger je m'expose, je me coule dans la
chambre d'Ismene.

Étroitement embrassés, gémissant,
fondant en larmes, nos soupirs furent
long-tems nos seuls interprètes. Quel

serrement de cœur ! Quel état affreux !
Amour, tu vis l'excès de nos douleurs;
elles te touchèrent. Tu pouvois les finir:
mais tu voulois nous éprouver.

Quelque précieux que soit un bien,
jamais il n'est plus cher que lorsqu'on est prêt à le perdre. Je le sentis
dans ce moment. Les charmes d'Ismene
brilloient d'un nouvel éclat : je ne l'a-
vois point encore trouvée si belle ; je ne
l'avois point encore aimée si éperdû-
ment. Son silence, sa tristesse, ses regards distraits et languissans, tout aug-
mentoit mon amour et mon désespoir.

Hélas ! lui disois-je, vos pressentimens
n'ont été que trop justes : on nous sépare,
Ismene; vous craigniez de me perdre,
c'est moi qui vous perds. Un autre va
posséder ce cœur qui n'étoit dû qu'à
moi; il va le posséder, et vous allez faire
son bonheur. Ismene, pouvez-vous y
consentir? Moi-même, puis-je y songer
sans mourir ? Ne le croyez pas. Le jour
qui éclairera votre funeste hymenée,

sera le dernier de ma vie. On va t'en-
lever ta maîtresse, et tu pleures! Foible Ismenias! N'as-tu d'autre ressource
que tes larmes? Qu'au moins la mort
de ton rival précède la tienne; que,
même au pied des autels ses myrthes
se changent en cyprès. L'amour outragé
devient le plus cruel des dieux; ma fureur ne respectera rien : tremble, Sosthene... Il est mon père, interrompit
Ismene; il doit vous être sacré : ne
l'accusez point de nos maux; il en est
innocent, il ignore que vous m'aimez.
Il ignore que je vous aime, repris-je
avec transport ! Eh ! ne sait-il pas que
je vous ai vue, et que j'ai un cœur ?

Après un moment de silence, Ismene me dit : Les maux éloignés trou-
blent la raison, les maux présens l'a-
néantissent; loin de vous conjurer de
vous servir de la vôtre, je ne puis faire
usage de la mienne : je sens comme
vous toute l'horreur de notre destinée ;
voyez s'il est possible de nous arracher

au malheur qui nous menace : je sous-
cris à tout ce que votre amour vous
inspirera ; je me donne à vous. Cet effort de passion lui avoit trop coûté : ses
couleurs se dissipent; ses yeux se fer-
ment; elle perd le sentiment : cet état
m'accable de douleur et de crainte; je
la crois morte; je veux mourir. L'amour
arrêta son ame fugitive, il lui rendit
la vie. J'allois faire éclater ma joie et
ma reconnoissance. Ismene poursuivit :
Ne perdons point un tems précieux :
songez que les momens nous sont chers;
mettons-les à profit. Adieu; quittons-
nous un instant, pour ne plus nous séparer.

Plein de mille projets, qui tous me
paroissoient faciles, mais qui ne l'étoient
que dans mon imagination, je me rendis
au temple. Le sacrifice étoit commencé.
Déjà le sang des victimes égorgées
tombe dans les vases destinés à le recevoir. Déjà le sacrificateur, trouvant
dans leurs entrailles un augure favorable

rable, presse Sosthene d'accomplir un
mariage agréé par les dieux. Tout-à-
coup un grand aigle, fondant à plein
vol sur ces entrailles, les déchire, les
disperse, et les enlève dans ses serres.
Le couteau sacré tombe des mains du
prêtre ; il fuit loin de l'autel : une horreur subite s'empare des esprits de tous
les assistans ; la consternation paroît sur
le visage des moins timides : on n'entend
que gémissemens, que lamentations ;
chacun craint pour soi les malheurs
qu'annonce ce prodige. Ils ne regardent
que moi, s'écria Panthia. Dieux immortels! Vous condamnez un hymen où
j'avois mis toute ma félicité. O ma fille!
O infortunée Ismene ! Quel malheur
vous attend! Ce ne sont point les entrailles de la victime que l'aigle a dé-
chirées, ce sont les miennes. Protecteur
de l'innocence, tu lis dans nos cœurs ;
quel crime avons-nous commis? Laisse-
toi fléchir par nos larmes ; appaise ta
colère, ou ne l'exerce que sur moi :

I

conserve la fille aux dépens de la mère ;
que ma mort lui donne la vie une seconde fois. En parlant ainsi, elle s'arrache les cheveux, elle se frappe la
poitrine, elle se roule par terre : on l'en-
toure, on la relève, on s'efforce de la
consoler ; elle ne veut rien entendre.

Cependant les esprits se rassurent.
Cet événement, si terrible d'abord, n'a
plus rien d'effrayant. Ce n'est qu'un
simple effet du hasard, qu'un signe indifférent ; peut-être même, est-ce un
présage heureux. Telle est l'inconstance
de la multitude : l'objet de sa terreur
devient en un moment l'objet de son
espérance.

Tout le monde étant sorti du temple,
nous reconduisîmes Sosthene et Panthia.
Il n'étoit pas moins affligé : mais sa
douleur ne paroissoit point au dehors ;
il n'est permis de pleurer qu'aux femmes
et aux amans. Nous trouvâmes Ismene
fondant en larmes : une esclave l'avoit
avertie de ce qui venoit d'arriver. La

désolation de sa mère la touchoit plus
que le prodige : déterminée à me suivre,
il autorisoit sa fuite. Dans le trouble où
nous étions, elle trouva le tems de me
demander ce que j'avois fait ; je lui
répondis que j'allois tout arranger avec
Cratisthene, et que bientôt.... Je ne
pus achever : son père l'appela, je lui
serrai la main; et je lus dans ses yeux
qu'elle m'accusoit de lenteur. Venez,
ma fille, lui dit Sosthene, venez m'aider
à calmer votre mère. Elle vole sur ses
pas ; elle l'embrasse ; elle essuie ses
larmes; elle la conjure par les motifs les
plus tendres et les plus touchans de ne
se point laisser accabler. Non, lui disoit-
elle, les dieux ne sont point irrités contre
nous. Ils sont justes : s'ils condamnent
un mariage que vous aviez projeté ,
condamnons-le nous-mêmes; vous pour-
rez en faire un autre qu'ils approuve-
ront : consultons-les encore; prête à leur
obéir, mon bonheur ne m'est cher,
qu'autant qu'il peut faire le vôtre. Nous

admirons la sagesse de ce discours ;
nous nous joignons à elle. Panthia nous
écoute, et se laisse persuader. Conduite
dans sa chambre pour y prendre un peu
de repos, je m'enferme avec Cratisthene.
Témoin ou confident de tout ce qui
s'étoit passé entre Ismene et moi, je
pouvois lui en épargner le récit : mais
occupés d'eux-mêmes, les amans veulent
toujours parler de ce qui les intéresse.
Je lui rappelle la naissance et les progrès
de ma passion, nos premières craintes
et nos premiers plaisirs, notre retour à
Eurycome, l'empressement de Thémisthée, les caresses de Dianthée ; les idées
flatteuses, qui quelque tems nous sédui-
sirent l'un et l'autre ; nos entretiens
secrets, nos promesses, nos sermens,
l'impétuosité de mes desirs suspendue
par sa modestie , autant que par sa
résistance, le dicours imprévu de Sosthene, le mariage de sa fille, notre trouble,
notre désespoir, nos projets de fuite ; le
prodige arrivé dans le temple de Jupiter,

notre surprise et notre consternation.
Enfin, lui dis-je, vous voyez deux amans
infortunés, qui se jetent dans vos bras;
aidez-nous de vos conseils, et de votre
secours : nous avons plus de courage que
d'expérience , plus d'amour que de
raison ; nous fuyons un précipice ; sans
vous nous tomberons dans un autre.
Inquiet, alarmé, il s'élève dans mon
cœur de noirs pressentimens ; qui me
font frémir : on me séparera d'Ismene ;
je la perdrai. O mon cher Cratisthene!
Adoucissez l'amertume de l'état où je
suis réduit.

Sensible à ma peine, il me console ,
il me rassure. Ce n'est point vous, me
dit-il , que menace le prodige qui vous
effraie, c'est votre rival : il ne possédera
point votre Ismene; les dieux l'arrachent
de ses mains; vous l'épouserez un jour
sous de plus heureux auspices : le tems
et l'amour justifieront ma prédiction. Le
tems et l'amour , m'écriai-je ! Eh !
songez-vous qu'elle part demain ? Faites

agir Thémisthée , ajouta-t-il , parlez
vous-même à Sosthene. Il a donné sa
parole, repris-je, il ne peut y manquer
sans se déshonorer. Mais, poursuivit-il,
je ne puis approuver votre fuite , elle
est imprudente et dangereuse. Eh ! repris-je encore , quelque affreuses qu'en
puissent être les suites, sont-elles com-
parables à notre situation? Malheureuse
Ismène ! Plus malheureux Ismenias !
Tout nous abandonne : qu'allons-nous
devenir ? Cratisthene reste immobile
sans me répondre : la raison et la pitié
se disputent son cœur; je lis dans ses yeux
qu'il est violemment agité. Je l'embrasse,
il s'attendrit : je le presse, il soupire :
je redouble mes instances, il ne me
résiste plus. Vous l'emportez , me dit-
il; il faut vous rendre le cruel service
que vous exigez de moi : veuille la bonté
des dieux ne m'en point punir. Vous
partirez ce soir avec Ismene; il y a dans
le port un vaisseau prêt à faire voile pour
la Syrie. Je vais m'assurer du patron;

j'ai un hôte Syrien, chez lequel nous
trouverons un asyle inviolable. Quoi! lui
répondis-je tout hors de moi-même, vous
viendrez avec nous! Cratisthene, vous
viendrez avec nous! Dieux! vous mettez
le comble à nos faveurs. L'amour et
l'amitié conspirent à me rendre le plus
heureux de tous les hommes.

Il falloit, pour terminer la fête de
Jupiter, offrir encore à l'entrée de
la nuit, un sacrifice dans le temple
d'Apollon. J'aurois voulu ne m'y pas
trouver, et profiter de ce tems pour
instruire Ismene de nos arrangemens:
mais Dianthée, m'ayant apperçu, me dit
de donner la main à Panthia. Dans
le trouble où j'étois, à peine osois-je
lui parler : il me sembloit que toutes
mes paroles trahissoient mon secret.
Pendant la cérémonie, j'étois abîmé
dans la rêverie la plus profonde : on
la prit pour un recueillement, pour
un acte de religion; on m'admiroit,
on me citoit pour modèle. Que les

hommes lisent mal dans les cœurs! Ce
qui m'attiroit leurs louanges, offensoit
les dieux.

Le sacrifice achevé, chacun se retira.
La nuit me favorisoit; jamais elle ne
s'étoit enveloppée de voiles plus som-
bres. On étoit dans ces premiers instans
de sommeil, qui sont l'image la plus
parfaite de la mort. J'entre dans la
chambre d'Ismene. Enfin, lui dis-je,
nos maux vont finir: bientôt maîtres
de nous-mêmes, nous ne craindrons
plus la tyrannie de nos parens. Cratisthene dispose tout pour notre départ;
vous l'allez voir paroître. Au lieu de
me répondre, elle soupire. Toutes les
conséquences de son entreprise se présentent à son imagination : elle en
frémit. Ira-t-elle, seule avec moi, cher-
chant une retraite parmi des barbares,
se couvrir d'une honte éternelle? Elle
voit la fureur de Sosthene, et le désespoir de Panthia : elle se fait d'avance
tous les reproches que mérite une fuite

si

si hardie, si coupable. Vous - même,
cher Ismenias, vous-même, qui me la
conseillez aujourd'hui, vous seriez le
premier à me blâmer. Le ciel m'est
témoin, et j'atteste tous les dieux qui
l'habitent, que si la vertu, sans laquelle
l'amour le plus tendre est un crime, ne
s'y fût point opposée, il n'y auroit eu
de bonheur pour moi que celui de vous
aimer, et d'être aimée de vous; mais
cette vertu sévère, cette vertu toute
puissante sur mon cœur, en ordonne
autrement : soumettons-nous ; et puisqu'elle ne nous défend pas de mourir,
mourons sans l'offenser.

Je crus que mes caresses dissipe-
roient ses scrupules ; mes caresses furent inutiles. Je lui rappelai ses sermens ; elle ne s'en souvint que pour
s'en repentir, que pour les détester :
j'eus recours aux larmes, aux prières ;
elles ne servirent qu'à la rendre plus
inflexible.

Cratisthene arrive, et nous trouve

K

dans cette agitation : il joint ses efforts
aux miens. Ismene est émue , et non
persuadée. Le danger ne l'étonne point;
mais le devoir l'arrête. La nuit s'avance,
l'heure se passe; je vais de l'un à l'autre , je prie , je menace, je ne gagne
rien. J'en demande pardon à l'Amour.
Dans le désordre où j'étois, je fus tenté
d'user de violence. Je songe qu'elle
criera peut-être , et qu'on pourra nous
entendre : un motif plus pressant encore
me retient; j'ai peur de lui déplaire.
Enfin , après une résistance opiniâtre ,
et lorsque nous n'espérions plus de la
réduire , elle apprend que Cratisthene
doit nous accompagner. L'Amour attendoit ce moment pour vaincre. Elle
me tend la main : nous sortons sans
être apperçus; nous nous rendons au
port ; nous entrons dans le vaisseau.
Jupiter, dîmes-nous d'une voix unani-
me , protège deux amans infortunés;
que la rigueur du sort , ou plutôt
que ton oracle chasse de leur patrie.

Et toi, Neptune, ordonne aux flots de les respecter.

On fait voile : le tems étoit calme, la mer tranquille ; il sembloit que nous fussions portés sur les ailes des zéphirs. J'étois si pénétré d'amour, si transporté de plaisir, qu'oubliant tous mes maux passés, je croyois mon bonheur hors d'atteinte. Couché aux pieds d'Ismene, la tête appuyée sur ses genoux, je me livrois aux transports les plus délicieux; mon ravissement me tenoit lieu de sommeil. Que cette nuit eut de charmes! Que son obscurité perdit et cacha de faveurs innocentes!

Ainsi se passèrent deux jours. Qu'Ismene fut trouvée belle ! Qu'elle fit naître de desirs ! et que j'excitois de jalousie ! Il y avoit parmi nous un peintre fameux, qui passoit à la cour du roi de Perse. Pour y faire honneur aux beautés grecques, il demanda à Ismene la permission de la peindre. La rapidité du travail ne nuisit point à la

perfection de l'ouvrage. C'est Ismene;
elle respire, elle flatte, elle enchante.
Objet des vœux de toute l'Asie, elle en
va triompher. Quelle idée flatteuse pour
un amant ! Je vois sa gloire, je la partage : bientôt, par un mouvement con-
traire, cette gloire m'afflige, je ne puis
souffrir que son portrait tombe entre
les mains des barbares; ils n'en sont
pas dignes : tout ce qui ressemble à Ismene ne doit appartenir qu'à Ismenias.
Le peintre remarqua mon trouble : il
avoit remarqué mon amour; nos feux
ne se contraignoient point. Je connois,
me dit-il, toutes les délicatesses des
amans, j'ai aimé : voilà le portrait d'Ismene; possédez-le seul, je vous le donne.
Déjà les matelots, découvrant la terre,
remplissoient l'air de cris d'allégresse.
Déjà Cratisthene nous montroit le temple de Junon, qui dominoit sur tous les
édifices de la ville où nous devions
aborder. C'est-là, nous disoit-il, que,
dépositaire de vos sermens, la déesse va

bientôt vous unir pour toujours. Dieux
de l'olympe, dieux de la mer, prolon-
gez encore un instant vos faveurs. Hélas! vous ne m'écoutez point.

: Le ciel s'obscurcit, les vents se déchaî-
nent; une tempête furieuse se forme,
elle éclate : l'air s'embrâse ; l'onde
mugit ; les mats se brisent; le vaisseau
s'entr'ouvre; le trouble et l'horreur s'emparent des esprits ; nous sommes de
concert avec les flots pour nous perdre;
l'art devient inutile; la manœuvre cesse:
les uns poussent des cris perçans, les
autres attendent la mort dans un sombre
silence : ceux-ci, pleins de leurs dé-
sespoirs, maudissent les dieux; ceux-là
se prosternent, et les implorent.

Ismene inaccessible à la crainte, l'A-
mour remplissoit tout son cœur, se jette
dans mes bras. Je vois la mort sans
pâlir, me dit-elle : les dieux sont justes;
je l'ai méritée. Quelque prompt, quelque rigoureux que soit le châtiment,
il n'égale point mon crime; je meurs

sans me plaindre : mais voyez à quel point je vous aime, je meurs sans me repentir ; ce que j'ai fait, je le ferois encore : j'ai tout quitté pour vous, Ismenias ; je ne regrette que vous : imitez mon exemple ; mourez avec courage, mourons en nous aimant : s'il est doux de vivre avec ce qu'on aime, il est doux de mourir ensemble.

Le pilote, ayant perdu tout espoir, assemble l'équipage. Les dieux, dit-il d'une voix tremblante, les dieux sont irrités ; notre perte est certaine : Jupiter arme contre nous tous les élémens ; rien ne peut nous arracher de ses mains ; cessons de le fatiguer par des vœux qu'il rejette. Neptune est moins implacable : renouvellons une coutume qui a toujours été salutaire ; offrons lui une victime qui soit le salut de tous : voyons sur qui le sort doit tomber. On applaudit à son discours, on porte avec empressement son nom dans l'urne fatale ; chacun vole à la mort, pour l'éviter. Le

premier billet qui sortit du vase terrible:
aurai-je la force de le dire sans expirer ?
Le premier billet fut celui d'Ismene.

Accablé de la plus affreuse douleur,
je l'emporte au fond du vaisseau, résolu
de me faire déchirer en mille pièces,
plûtôt que de la rendre. La crainte
rend cruel. Ceux qui la veille auroient
donné leur vie pour lui plaire, sont les
premiers à solliciter sa mort. On crie
hautement que la religion est offensée :
on s'imagine que chaque moment qu'on
diffère ajoute à la violence de la tem—
pête. Cratisthene veut parler pour elle ;
au lieu de l'écouter, on le menace de le
précipiter lui-même.

Cependant Ismene se débarasse de
mes bras. Je ne puis la retenir. Elle
fend la presse, et s'adressant au pilote :
Nouveau ministre des dieux, lui dit-
elle, leurs droits ne seront point violés.
Ne crains aucune résistance de ma part;
la vie d'Ismenias est attachée à ma mort.
Fais ta charge. Néptune demande sa

victime, elle est prête ; qu'attends-tu
pour l'immoler ? Ce furent ses dernières
paroles. Deux matelots la saisirent. Que
faites-vous, cruels ? Déjà la mer à reçu sa
proie. Dieux ! Approuvez-vous ces hor-
ribles sacrifices ? ou, si vous les détes-
tez, que ne perdez vous les impies,
qui vous déshonorent en vous les offrant ?
Vous faites cesser l'orage ! Le salut des
mortels dépend-il d'un crime ? et vous,
monstres, qui m'arrétez, vous avez raison de vous opposer à ma fureur ; elle
rendroit inutile cet affreux bienfait. Le
Pilote m'impose silence ; je veux m'élan-
cer sur lui. Qu'on l'enchaîne, s'écria-
t-il. A ce mot, je me fais des armes
de tout ce qui me tombe sous les mains.
Les furies m'animent, leurs serpens
sifflent autour de moi, l'épouvante et
l'horreur les accompagnent. Ce nouveau
danger paroît plus terrible que le précédent.

Mes forces me trahirent ; je fus accablé par le nombre. Il falloit du sang

à

à ma vengeance; on me force de la borner à des cris impuissans. Pour s'en délivrer, on aborde, on me met à terre. Cratisthene! on ne vous permit pas de m'y suivre; si quelque chose avoit pu me consoler, vous auriez été ma consolation.

La douleur, portée à l'excès, rend insensible: je garde un silence stupide, je reste sans mouvement. État funeste, et plus cruel que l'agitation la plus violente. Bientôt mon désespoir reprend de nouvelles forces, les rochers retentissent de mes rugissemens; les lions et les ours y répondent; les dieux les entendent, et n'en sont point touchés. Les supplices de ces illustres criminels, que leur justice poursuit sans relâche, sont plus doux que les miens; je porte tout l'enfer dans mon cœur. Eh! de quoi suis-je coupable? J'aimois; j'aime encore; ce sont-là tous mes crimes. O Jupiter! Depuis quand les cœurs tendres sont-ils l'objet de ta vengeance?

L

T'imiter, est-ce t'offenser ? Et vous,
déesse de la mer, souffrez-vous que
Neptune vous donne une rivale ? Nos
intérêts sont communs ; rendez-moi Ismene. Amour, que fais-tu ? Jalouse de
la beauté d'Ismene, ta mère te retient dans Paphos. Elle s'étoit donnée
à toi ; tu me l'avois promise. Ignores-
tu qu'on nous l'enlève ? Vole au fond
du palais du dieu des mers : redemande
ton bien, il n'osera te refuser. Mais
que fais-je, et pourquoi m'adresser à
des dieux cruels et sourds ? Ismene,
vous n'êtes plus : j'ai causé votre mort,
la mienne seule peut expier mon forfait;
si je la diffère, c'est pour prolonger ma
misère : je vous retrouverois dans l'O-
lympe, ou dans l'Elysée, et je n'en suis
pas digne.

Le seul dieu, dont je n'implorois pas
le secours, eut pitié de moi. Ami des
mortels, souvent il prévient leurs desirs,
pour se donner à eux. Sa puissance est
sans bornes : il triomphe de ceux mêmes

que l'Amour n'a pu soumettre ; il règne
parmi le tumulte affreux des armes : le
bruit effroyable des tempêtes mutinées
ne peut le troubler. Jupiter même le
respecte ; et c'est par sa faveur que les
plus infortunés, malgré la fortune et
le destin, deviennent des dieux.

Je jouissois d'un repos trop doux pour
être durable. Tout-à-coup une lumière
éclatante m'environne : l'Amour fend
les airs, et me montre Ismene. Cesse de
te plaindre, je te la rends. Il dit et
s'envole. Les yeux attachés sur Ismene,
je goûtois le plaisir de la voir, sans pouvoir l'exprimer : il me sembloit qu'elle-
même faisoit de vains efforts pour me
parler. Nous ne perdions rien l'un et
l'autre dans ce silence involontaire. Nos
regards, nos soupirs, nos transports en
étoient plus vifs, plus enflammés, plus
ravissans. Ismenias, me dit-elle enfin,
je vis et je vous aime. Quoi, m'écriai-je,
c'est vous . . . . . Tout disparoît ; je
me trouve à mon réveil dans un vais-

seau au milieu d'une foule de Corsaires Éthiopiens, dont je suis esclave. Ainsi, dieux cruels, vous vous jouez des foibles hommes. Cependant je m'étonne du calme qui règne dans mon cœur : je suis triste, mais d'une tristesse paisible ; et dans le moment même où je ne dois plus rien espérer, je me livre, malgré moi, tout entier à l'espérance.

Une rame à la main, je regardois douloureusement les compagnons de mon infortune. Trop foible pour partager leurs travaux, je n'en étois que spectateur. Eh ! quoi, me dit un Barbare, en me frappant, penses-tu qu'on t'ait mis là pour rester oisif ? Je trouvai des forces dans mon épuisement ; ses coups cessèrent. O Sosthène, les dieux vous vengent cruellement de l'injure que je vous ai faite ! O mon père, n'apprenez jamais l'état honteux où votre fils est réduit !

Le vaisseau sur lequel j'étois parti

d'Eurycome, après avoir relâché, pour
réparer les désordres de la tempête,
continuoit sa route : nous lui donnâmes
la chasse ; nous l'atteignîmes ; nous
vînmes à l'abordage : un combat de
deux heures nous en rendit maîtres.
Je sais que la vengeance n'appartient
qu'aux dieux; je sais qu'ils se la sont
réservée : mais j'étois si irrité contre le
pilote, ce cruel auteur de tous mes
maux, que je ne pus le voir esclave sans
quelque plaisir. Ce plaisir inhumain fit
bientôt place à de nouvelles douleurs,
Cratisthene, blessé, mourant, s'offre
à mes yeux : on visite ses plaies ; on les
juge mortelles ; on veut le jeter à la
mer. Je m'écrie que c'est un Grec illustre. L'espoir de la rançon suspendit
sa mort : les dieux et mes soins lui rendirent la vie.

Le jour suivant les pirates tinrent
conseil : une petite ville, qui paroissoit
sur la côte, fut la victime de leur fureur et de leur avarice. Ils la surprirent

de nuit; hommes, femmes, enfans, tout
fut réduit en servitude : on pille, on
massacre, on brûle. Cette ville infortunée n'est plus qu'un monceau de
pierres que les flammes dévorent.

Rentrés dans le vaisseau, ils partagent leur butin : les jeunes gens sont
mis à la rame; les filles et les femmes
sont séparées : celles-ci, pour être ven-
dues; celles-là, pour servir aux plaisirs
de leurs maîtres. Les vieillards, ou ceux
que leurs blessures rendent inutiles,
sont égorgés sans miséricorde et jetés
à la mer. Mes malheurs n'avoient point
épuisé mes larmes : ce spectacle m'en
arracha; elles les offensèrent, et je
portai la peine de ma pitié.

Jusqu'où n'alla point l'excès de leurs
débauches! Je frémis encore au souvenir de leurs discours et de leurs actions.
Je disois à Cratisthene : Les impies se
punissent eux-mêmes de leur impiété;
l'ivresse et le sommeil livrent nos tyrans entre nos mains : ayons le courage

de vouloir être libres, nous le sommes.
Cratisthene m'approuve; nous en parlons à nos camarades. Les uns, mais
en petit nombre, brûlent de se joindre
à nous; les autres, presque tous, ames
viles et découragées, préfèrent l'esclavage à une entreprise facile et glorieuse.
Qui le croiroit ? Il y en eut d'assez
lâches pour vouloir avertir ces barbares
du complot qui se formoit contre
eux. Ils ignorèrent pourtant le danger
qu'ils avoient couru.

Les vapeurs du vin dissipées, ils songent à se défaire de leur prise. On
arbore un pavillon de paix; on entre
dans le port d'Artycome ; on donne
et on reçoit des ôtages. Bientôt se
forme un marché spacieux, où s'ex-
posent des meubles de prix, des vases
d'or et d'argent, et tout ce qui peut
servir aux besoins ou au luxe des
hommes; on se les dispute, on se les
enlève : la cupidité ne trouve rien de
trop cher.

Les esclaves étoient restés à bord.
Ce peuple voluptueux fit peu de cas
de nous. Cratisthene, c'étoit le plus
beau des mortels, fut le seul qu'on
acheta. Personne ne voulut de moi;
j'étois réservé à de nouvelles aventures.

Artycome est célèbre par un temple
de Diane. A l'entrée de ce temple
est placée une figure d'or, qui représente la déesse au naturel. Sa tête
est couverte d'un casque; d'une main
elle tient un bouclier, une lance de
l'autre : sous ses pieds coule dans un
bassin de porphire une fontaine, dont
les flots sont toujours agités. C'est-là
que les pirates vinrent éprouver les
jeunes filles qu'ils vouloient vendre.
Épreuve délicate ! dont toute néan-
moins sortirent à leur honneur. Protectrice de la chasteté, vous ne les
déclarâtes vierges, que pour les livrer
à l'ignominie !

Quelque tems après je fus témoin
de cette cérémonie : en voici le dé-
tail.

tail. Celles qui osent tenter l'aventure, couronnées de laurier, revêtues
d'une robe blanche, entrent dans la
fontaine : leur innocence fait leur gloire
et leur salut. Diane leur sourit, et
leur tend la main ; elles sortent au
milieu des applaudissemens : mais la
déesse jette un regard sévère sur les
coupables. Intimidées à la vue de la
lance terrible qui les menace, elles
se plongent dans les flots, qui se dé-
robent sous leurs pas chancelans : leur
couronne tombe ; elles sont l'objet de
la risée et du mépris : quelquefois
même, faute de secours, elles y pé-
rissent malheureusement.

Les ôtages rendus de part et d'autre,
les corsaires se rembarquent avec leurs
trésors. Fiers de leurs derniers succès,
ils méditent de nouvelles entreprises.
Déjà les compagnes infâmes de leurs
plaisirs ont dévoré leurs détestables ri-
chesses. Tremblez, malheureux Grecs,
qui dans le sein de vos familles vivez

M

avec confiance. La protection de vos
dieux domestiques ne peut vous défendre ; les fers ou la mort vous attendent.

L'orage tomba sur toi, déplorable
ville de Silene : tes vins précieux te
rendoient fameuse ; ils causèrent ta
ruine. Tu pouvois te sauver en les
abandonnant au pillage : tes habitans
comptèrent trop sur leur valeur ; elle
ne leur servit de rien : ils furent tous
égorgés. Bientôt tu seras vengée.

Nous vîmes ces scélérats assis sur le
rivage, célébrer par dérision de cri-
minelles orgies. Bacchus ne put souffrir que ces misérables profanassent
impunément son culte et ses mystères.
Il trouble leur raison : pleins de fureur,
ils oublient qu'ils sont frères, ils cou-
rent aux armes ; ils s'attaquent et tombent acharnés les uns contre les autres.
Le combat des Centaures fut moins
sanglant. Une troupe de Grecs, les
Grecs aussi se mêlent de brigandage,

vient fondre inopinément sur eux, et achève de les exterminer.

A cette vue nous poussons de grands cris de joie : nous brisons nos fers ; et croyant trouver des libérateurs dans les meurtriers de nos tyrans, nous allons nous jeter entre leurs bras. Nous ne fîmes que changer d'esclavage. En vain nous reclamons les droits de notre naissance et de notre commune patrie : ils ne nous écoutent point ; ils nous font rentrer dans le vaisseau, dont ils s'emparent, et nous conduisent à Daphnipolis.

Daphnipolis est consacré à Apollon et à Daphné. Son amour pour cette nymphe est trop connu, pour que je m'arrête à en retracer l'histoire. C'est dans l'enceinte de son temple que nous fûmes exposés en vente. Je me jette à genoux ; je lui adresse cette prière. Fils de Jupiter, tu vois mon infortune ; sois-en touché. Déjà deux fois esclave, je suis menacé d'une troisième servi-

tude : ne souffre pas qu'un envoyé de
ton père gémisse dans les fers; atten-
dris le cœur de mes nouveaux maîtres :
qu'ils songent qu'ils sont Grecs, et que
je le suis comme eux. Dieu puissant,
aux regards duquel rien n'échappe,
qu'est devenue Ismene ? Si la parque
a tranché ses jours, ce n'est point un
dieu qui a ordonné sa mort; tu peux
réparer le crime des hommes, tu peux
me la rendre. Les maux que l'Amour
t'a fait souffrir, te doivent rendre sensible aux miens. L'heure d'être exaucé
n'étoit point arrivée. On m'arrache de
l'autel, pour me livrer à un citoyen
qui m'avoit acheté; il s'appeloit Dymas, et sa femme Criséis.

La curiosité est le partage de son
sexe. A peine suis-je entré, qu'elle me
demande qui je suis, d'où je viens,
et par quel hasard je me trouve leur
esclave. Je baisse les yeux, je la prie
modestement de m'épargner un récit
douloureux, qui n'auroit rien d'inté-

ressant pour elle. Dymas, je ne puis
l'appeler mon maître, Dymas nous
écoutoit ; mon refus l'offense. Il me
regarde d'un air menaçant. On vient
lui dire qu'on a servi, il m'ordonne de
le suivre. J'obéis. Ainsi cet Ismenias,
qui, quelques mois auparavant, ministre de Jupiter, et comblé de gloire,
s'étoit vu le premier à la table de Sosthene ; cet Ismenias servi, aimé par
Ismene, confondu parmi de vils esclaves, se trouve dans sa propre patrie, destiné aux emplois les plus hu-
milians. Fortune ! ce sont-là de tes jeux.

A la fin du repas il fait sortir ses autres
esclaves : je reste seul. Je veux, me
dit-il, que tu me contes tes aventures :
elles m'amuseront jusqu'à mon sommeil;
sur-tout songe à ne point l'interrompre.
Cet ordre impérieux me fait sentir plus
amèrement que je n'avois encore fait,
toute la rigueur de mon sort. Mes yeux
se remplissent de pleurs : mon cœur se
serre; je n'ai pas même la force de me

plaindre. Sache, continua –t–il, que
tu es mon esclave, et fait pour m'obéir:
parle, ou crains qu'un châtiment digne
de ton insolence ne t'apprenne ton devoir. Un maître irrité est un sévère pré-
cepteur. O Dymas, m'écriai-je, que
les dieux jugent entre nous. Je suis
Grec : vous n'avez de droits sur moi que
ceux que vous donnent mon malheur
et votre injustice ; voulez – vous, plus
cruel que les barbares qui m'ont vendu,
m'ôter une vie qu'ils m'avoient laissée
malgré moi ? Frappez : né libre, je
crains moins la mort que l'esclavage.
Ma fermeté plut à Criséis ; elle inter-
céda pour moi: Dymas s'endormit, et
j'en fus quitte pour des menaces.

Criséis n'étoit plus jeune. Il étoit aisé
de voir en la regardant qu'elle avoit été
belle ; elle croyoit même l'être encore,
mais sans vouloir qu'on le crût: elle
étoit douce, compatissante ; j'en reçus
des marques de bonté qui me péné-
trèrent de reconnoissance, et si je ne

lui appris point tout ce qui me regardoit,
je lui en dis assez pour qu'elle me sût
gré de ma confiance.

Dymas, qui ne m'aimoit point, me
chargeoit des travaux les plus pénibles;
sans cesse occupé, je n'osois m'échapper
un instant, pour rêver à mes infortunes.
Couvert de mauvais habits, couché sur
la terre, réduit à la nourriture la plus
grossière et la plus dégoûtante, je devois succomber. Les dieux en ordon-
nèrent autrement: j'éprouvai même,
que, si du sein des plaisirs naissent les
amertumes, du sein des amertumes naissent les consolations.

Il y avoit cent jours que j'étois dans
cet état. La fête de Jupiter approchoit.
Quel souvenir pour moi! On ne la célèbre point à Daphnipolis: mais on y
célèbre celle de Daphné. Les cérémonies en sont presque les mêmes: toute
la différence consiste dans le choix des
envoyés: ceux de Daphnipolis peuvent
être mariés, ceux d'Eurycome ne doi-

vent pas l'être. Dymas fut nommé pour
Artycome. Pendant qu'on prépare toutes
choses pour son voyage, Criséis, je ne
sais quelles étoient ses vues, lui dit, en
me regardant: cet esclave paroît avoir
de l'esprit; il est sage, il parle peu :
mais il est si triste, que je vous conseille
de le laisser ici. Un esclave mélanco-
lique est toujours d'un mauvais augure
pour son maître ; c'est du moins un
objet désagréable que vous auriez devant les yeux. Cependant, comme il se
vante d'avoir été autrefois envoyé de
Jupiter, il pourroit vous être utile; con-
sultez-vous. Dymas lui répondit : c'est
l'ordinaire des esclaves d'être vains et
menteurs; celui-ci cherche sans doute
à se faire valoir. Est-il vrai, continua-
t-il en se tournant de mon côté, que tu
te sois vu honoré du ministère dont je
suis revêtu ? Prends garde d'ajouter le
mensonge à tes autres défauts. O Dymas,
lui dis-je, me préservent les dieux de
vous en imposer. La Fortune a pu me
rendre

rendre malheureux : mais elle ne pourra
jamais chasser la vérité de mon cœur.
Ne jugez point des hommes sur les apparences : la vertu ne dédaigne point les
habits d'un esclave. Oui, poursuivis-je,
j'ai été l'envoyé de Jupiter, et j'ai reçu
tous les honneurs que vous allez recevoir : ils ont été la source de ma misère ;
puissent – ils être la source de votre
félicité !

Ces paroles l'adoucirent. Il me fit
d'autres questions : il parut satisfait de
mes réponses ; je lui devins cher, parce
que je lui devins nécessaire.

Criséis vouloit venir avec nous ; Dymas
s'y opposa : nous partîmes sans elle, et
je ne la revis plus. Arrivés à Artycome,
on eut le même empressement à le recevoir. Sostrate eut la préférence, Sostrate le citoyen le plus riche et le plus
illustre de sa ville. Il épuisa toute sa
magnificence pour son nouvel hôte.
Ainsi m'avoit reçu, ainsi m'avoit traité
Sosthene. O Dymas ! il ne manquoit à

N

votre gloire que d'être servi par Ismène !
Que dis-je ? Ismene vous servit, elle
vous servit comme esclave, mais vous
l'ignorâtes alors.

Rhodope, fille de Sostrate, avoit
mille charmes ; et, depuis que les dieux
avoient enlevé Ismene à la terre, elle
en faisoit le plus bel ornement. Quelque
éclatante que fût sa beauté, les qualités
de son ame la faisoient oublier. Je la
regardois, je l'écoutois avec admiration :
mais mon cœur ne partageoit point la
surprise de mes sens. C'étoit Vénus :
mais ce n'étoit point Ismene. Amour,
tu sais qu'elle n'est jamais sortie un
moment de ma pensée, et que je n'ai
jamais cessé de la pleurer.

Les plaisirs qu'on procuroit à Dymas
me donnoient quelque relâche ; j'em-
ployois ce repos extérieur à m'aban-
donner au noir chagrin qui me dévo-
roit. Un jour croyant être seul dans le
jardin de Sostrate, je donnois un libre
cours à ma douleur. Je disois : Dieux !

n'êtes – vous point encore satisfaits ?
Votre vengeance est – elle éternelle
comme vous? Malheureux que je suis !
ma sensibilité s'augmente à mesure que
s'augmentent mes peines. Que j'envie
le sort de ceux qui souffrent sans espérer
de fin à leurs maux! L'espérance trompeuse qui me séduit, est plus cruelle
mille fois que le plus affreux désespoir.

Rhodope se promenoit aux environs :
elle entendit mes plaintes; elle en fut
touchée ; elle m'appela. J'avois con-
servé cet air d'ingénuité que donne la
naissance, et que la fortune ne peut
effacer. Je l'aborde, et lui demande en
soupirant ce qu'elle veut du service
d'un malheureux, que le destin a mis
hors d'état de lui en rendre. Atracés,
me dit-elle, c'étoit mon nom d'esclave,
il n'est pas difficile de juger en vous
voyant que vous êtes dans une situation
indigne de vous; et si je ne me trompe,
l'esclavage n'est pas le plus grand de vos
maux : puis – je les adoucir ? Je vous

offre tous les secours qui dépendent de
moi. Généreuse Rhodope, lui répondis-
je, c'est le propre des cœurs bien faits
de s'attendrir sur le sort des misérables;
votre pitié ne tombe sur moi, que parce
que je suis du nombre. J'en connois tout
le prix : mais je n'en suis pas digne ;
mais je ne puis en profiter. Les dieux
dont vous êtes l'image, les dieux, s'ils
peuvent encore faire quelque chose pour
vous, récompenseront vos bontés : je
n'ose les en prier ; je craindrois que
mes vœux ne vous devinssent funestes.
Je n'avois plus la force de retenir mes
larmes ; je voulus me retirer : je me re-
prochois un entretien dans lequel Ismene
n'avoit point de part. Rhodope me retint.
Si j'avois, reprit-elle, la puissance de
ces dieux, dont vous dites que je suis
l'image, vous seriez libre, ou du moins
heureux ; elle rougit et baissa les yeux.
Hélas ! lui dis-je, l'un m'est indifférent ;
l'autre est impossible. Vous avez donc,
ajouta-t-elle, bien mauvaise opinion de

mon pouvoir ? Non, lui répondis-je :
mais, fussiez-vous un dieu, que pour-
riez-vous seule contre tous les autres ?
Atracés, poursuivit-elle, vous croyez
vos maux sans remède ; c'est l'erreur
de tous les malheureux : apprenez-moi
vos infortunes ; je ne sais si l'intérêt que
j'y prends me fait illusion : mais je pourrois presque vous répondre qu'elles fi-
niront plutôt que vous ne pensez, et
que je contribuerai à les faire finir. O
Rhodope, m'écriai-je entraîné par un
attrait invincible, je ne puis vous rien
refuser ; il m'en coûtera des pleurs,
peut-être la vie : mais vous serez satis-
faite.

Rhodope donnoit une attention mer-
veilleuse au triste récit de mes aventures. Quelle que fût sa beauté, il me
sembla qu'elle étoit jalouse de celle
d'Ismene ; elle se troubla à la vue de
son portrait : je l'avois encore ; elle le
regarde, l'examine, et me dit froide-
ment : Cette personne est trop belle ;

on l'a flatée. Non, repris-je, on ne
l'a point flatée : mais elle n'est plus. A
ces mots, un nuage épais se répand sur
mes yeux, je perds connoissance. Rhodope appele du secours ; on m'emporte
sur le lit de Dymas. Atracés, me di-
soit-elle, aurois-je causé votre mort ?
Elle m'essuyoit le visage ; elle mettoit
ses mains sur mon cœur pour le rani-
mer ; ses larmes couloient malgré elle.
Je reviens : mais ne pouvant soutenir
la lumière, je retombe dans une seconde foiblesse : une main plus puissante que celle de Rhodope m'en retire
encore : j'entends une voix qui me
frappe ; je crois la reconnoître : je porte
mes regards mal assurés de côté et
d'autre ; je les arrête sur une jeune esclave, nommée Scylla, qui s'empresse
à secourir Rhodope évanouie ; je lui
trouve tous les traits d'Ismene : c'est
elle, je n'en puis douter. Idée fla-
teuse, vous ne durâtes qu'un moment !
Bientôt j'accuse mes yeux d'imposture ;

et ce plaisir, qui vient de me char-
mer, ne me paroît plus qu'une illusion où m'égare encore la cruauté des
dieux.

Les esclaves de Rhodope l'avoient
emmenée. Dymas arriva ; j'étois pâle,
abattu : mais cet homme, dont la fierté
naturelle étoit augmentée par les honneurs qu'on lui rendoit, ne s'abaissa
point à jeter les yeux sur un esclave ;
il ne s'apperçut de rien.

Dès qu'il me fut permis de rentrer
dans le jardin, j'allai rêver en liberté
à ce qui venoit de m'arriver. Je n'osois,
ou je ne voulois pas approfondir les sentimens de Rhodope : ce qui n'est point
l'objet de nos desirs, ne nous donne ni
crainte ni espérance ; j'étois si malheureux, que je ne pouvois ni cesser de
l'être, ni l'être plus que je l'étois.

L'esclave que j'avois vue me revenoit
sans cesse dans l'imagination ; je me
voulois du mal d'y songer, et je ne
songeois qu'à elle. Je me demandois ce

que Scylla avoit de commun avec Is=
mene, et par quel caprice un bonheur
chimérique me dédommageoit d'un
malheur réel ; je me le demandois inu=
tilement. Je ne consultois point ma
raison : je craignois qu'elle ne dissipât
une erreur qui m'étoit trop chère, pour
y renoncer ; il m'étoit plus doux de
consulter mon cœur. Cependant je
n'étois pas satisfait de ses mouvemens ;
il y avoit du trouble et de l'incerti=
tude ; je ne savois plus à quoi me fixer :
mais enfin ma raison reprit tous ses
droits, et j'eus honte de ma folle cré=
dulité. Non, disois-je, Ismene ne vit
plus : trop occupé de son idée, je me
suis laissé surprendre par une foible
ressemblance ; les dieux ne l'auroient
pas retirée des goufres de la mer pour
la livrer à l'esclavage : ils l'auroient
transportée à Aulycome, ils l'auroient
rendue aux larmes de Panthia. Ismene
est morte, continuois-je : le ciel est trop
avare de miracles, pour en faire un si
grand

grand en ma faveur ; ne songeons qu'à
pleurer sa mort.

Rhodope ne me laissa pas ignorer
long-temps que j'avois su lui plaire.
Devois-je m'attendre à ce nouveau caprice de l'amour ? Dieu cruel ! quelle
funeste flamme allumes-tu dans son
sein ? Ne te plais-tu qu'à faire des
malheureux ? Rhodope, vous aimez un
esclave ! Vous aimez un ingrat ! Ah !
vous étiez digne d'un meilleur sort.

Charmée que ma naissance répondît
à un mérite que je ne devois qu'à sa
prévention, elle se persuade qu'Ismene
morte ne tiendra point contre sa beauté, contre le don de son cœur et de sa
main ; elle ne voit plus d'obstacle à sa
passion, elle me cherche, elle veut me
l'apprendre. Je l'évitois, non que je
la soupçonnasse de tant de foiblesse :
mais elle étoit aimable ; et la plus lé-
gère diversion à ma douleur me paroissoit un crime.

Elle ne put résister à sa tendre im-

O

patience ; elle m'écrivit. Scylla fut
chargée de m'apporter sa lettre. Ismenias, me dit-elle en me la remettant,
Rhodope ma maîtresse vous salue. Quel
son de voix ! Quelle vue ! O ciel ! m'é-
criai-je, les morts reviennent-ils à la
vie ? Est-ce vous, chère Ismene ? Eh !
quelle autre me connoîtroit ? Eh !
quelle autre feroit sur mon cœur l'impression que vous y faites ? Quel dieu
vous rend à mon amour ! Rhodope ne
lui donne pas le temps de me répondre :
elle nous apperçoit ; elle n'a pas la force
de se refuser au plaisir de me voir, et
de me parler ; elle se dit avec complaisance que j'ai lu sa lettre, que je sais
qu'elle m'aime , que je partage ses
transports ; elle vient à nous.

Sa présence nous trouble ; nous passons rapidement de la joie à la surprise : elle remarque notre émotion ;
elle nous regarde, elle est interdite ; la
colère éclate dans ses yeux, nous trem-
blons. Ismene, par une présence d'esprit

admirable, nous tira d'embarras dans
une conjoncture si délicate. Notre désordre vous étonne, lui dit-elle ; vous
nous plaindrez, quand vous en saurez
la cause. Ismenias est mon frère. Sé-
parés l'un de l'autre par la cruauté du
sort, nous n'espérions plus d'être réunis ; mais hélas ! pardonnez à nos larmes ; le plaisir de nous revoir cède à
la douleur de nous trouver esclaves.

Rhodope se calme, ses soupçons se
dissipent, elle me félicite d'avoir une
sœur si charmante; et, ne doutant point
que l'espoir de la liberté ne l'engage à
la servir auprès de moi, elle la comble
de caresses. Ismene dissimule, et promet
tout. Leur entretien fut long : je ne
l'entendis point ; elles s'étoient éloignées
de quelques pas. Je les regardois. Qu'elles
étoient belles toutes deux ! Ismene ne
s'en offensera pas : tout autre que moi
n'auroit pu mettre de différence entre
elles.

... Qu'une amante se laisse aisément

tromper par les apparences ! Rhodope
se croit sur le point d'être heureuse ; la
joie augmente ses charmes. Elle cherche
dans mes yeux quelques regards passionnés qui l'assurent de sa conquête ;
elle n'en trouve point : elle veut s'en
plaindre ; un reste de pudeur la retient,
elle part et nous laisse seuls.

Belle Ismene, dis-je alors, satisfaites
ma curiosité ; apprenez-moi par quel
heureux événement vous avez échappé
à la fureur de la mer , et par quelle
injustice du sort vous êtes esclave dans
la maison de Sostrate. Non , me répondit-elle : le récit de mes aventures
occuperoit des momens que nous ne
devons employer qu'à goûter la douceur
d'être ensemble , de nous aimer, et de
pouvoir nous le dire ; nous songerons
après aux moyens de nous tirer de l'état
où nous sommes. Commencez par feindre
d'aimer Rhodope , flatez un amour qui
peut nous être utile ; ne l'aimez point :
mais faites-lui croire que vous l'aimez.

Les dieux auront soin du reste. En vérité, lui dis-je en riant, vous vous ac-
quittez à merveille de votre charge.
Vous pouvez, me répondit-elle du même
ton, faire pour Sostrate ce que je fais
pour Rhodope. Quoi, repris-je, Sostrate
vous aime ! Que je crains les suites de
cette passion ! Un maître a de terribles
droits sur une esclave ; vous êtes la
sienne, je tremble. Ismenias, poursuivit-elle plus sérieusement, ne nous
laissons point infecter par le noir poison
de la jalousie : je ne crains point Rhodope, vous ne devez point craindre
Sostrate. On pouvoit nous surprendre,
nous nous séparâmes.

Les biens sont enchaînés les uns aux
autres. Le même jour, je trouvai Cratisthene qui venoit de payer sa rançon.
Notre joie fut égale à notre surprise ;
l'amour ne déroba rien aux transports
de l'amitié. Nous nous rendîmes compte
de nos malheurs communs ; il me demanda si j'avois écrit à Thémisthée,

Non, lui dis-je : j'avois perdu Ismene, je ne songeois qu'à mourir ; ce
n'est que d'aujourd'hui que je l'ai re-
trouvée. Il fut étonné de m'entendre
parler de la sorte : il crut que la perte
d'Ismene m'avoit troublé la raison ; il
voulut me plaindre et me consoler. Je
le tirai d'erreur. Non, mon cher Cratisthene, non, lui dis-je, Ismene n'est
point morte : mais Ismene est esclave.
Si je ne craignois de vous retarder, je
vous ménagerois le plaisir de vous
revoir : allez apprendre à nos parens
que nous vivons, et que nous sommes
dans les fers. Il me promit de travailler
à faire notre paix, et d'engager Thémisthée et Sosthene à venir nous délivrer. Nous nous quittâmes, après nous
être fait les protestations les plus tendres et les plus sincères, après nous être
donné toutes les marques de tendresse
que peuvent se donner deux cœurs
unis par la simpathie et par la vertu.

Je ne pouvois plus vivre sans Ismene :

je la cherchois par-tout, je n'échappois
aucune occasion de lui parler ; la confiance de Rhodope, les différentes oc-
cupations de Sostrate obligé de sortir
avec Dymas, tout nous facilitoit les
moyens de nous voir. Cependant Ismene
me disoit que nous devions nous con-
duire avec plus de prudence ; je sentois
qu'elle avoit raison : l'amour m'empor-
toit ; elle-même ne s'appercevoit pas
que ses réflexions ne l'empéchoient point
de rester avec moi.

La tranquillité du cœur donne de la
vivacité à l'esprit ; nous avions de ces
entretiens délicieux, dont les amans
seuls connoissent le prix. Je lui avois
dit ce qui s'étoit passé entre Cratisthene
et moi. L'espérance d'une liberté pro-
chaine nous faisoit oublier notre esclavage ; nous nous croyions déjà libres :
les dieux appaisés nous faisoient sentir
d'avance, et dans toute sa pureté, la
douceur des biens qu'ils nous prépa-
roient.

Quelquefois nous parlions de Rhodope. Ismene me redisoit en badinant
les choses flateuses qu'elle lui avoit
dites de ma part ; nous nous faisions
des reproches de notre tromperie, et
nous en imaginions de nouvelles. Si je
lui volois un baiser, et je lui en volois
souvent, elle me demandoit si je voulois
qu'elle le portât à Rhodope. Oui, lui
disois-je, en la serrant dans mes bras ;
et si elle veut quelque chose de plus,
je ne puis rien refuser à son ambassa-
drice. Non, me répondoit-elle en s'é-
chappant, mes instructions ne vont pas
jusques-là.

Je n'avois point lu sa lettre ; je ne
l'avois pas même ouverte. Ismene voulut
la voir, je la lui donnai ; nous la
trouvâmes pleine d'esprit et de sentiment. Il y avoit de la passion : mais
elle étoit exprimée avec dignité ; les plus
scrupuleux observateurs de bienséance
l'eussent admirée, en la blâmant. Je
disois à Ismene : Rhodope pouvoit choisir

sir parmi les plus illustres des Grecs,
et faire le bonheur de celui sur qui son
choix seroit tombé ; je suis peut-être
le seul qui ne peut l'aimer, et je suis
le seul qu'elle aime. O Rhodope ! que
je vous plains !

Elle nous écoutoit. Quelle fut sa
douleur ! Quelle fut son indignation !
Perfides, nous dit-elle, les dieux vous
rendent justice : vous n'étiez dignes
que d'être esclaves ; craignez ma juste
colère : mais, pour remplir ma vengeance, il ne faut que vous abandon-
ner à votre sort. Ingrats ! je vais appe-
santir vos fers et vous séparer. Non,
vous ne jouirez point ensemble du cruel
plaisir d'insulter à ma foiblesse : je
n'écoute plus que ma haine ; et je
veux, s'il est possible, vous rendre
aussi malheureux que vous m'avez rendue méprisable.

Généreuse Rhodope, lui dis-je, en
embrassant ses genoux, nous ne cherchons point à nous excuser : nous som-

P

mes coupables. L'amour a fait notre
crime ; il peut seul nous en obtenir
le pardon : vous pouvez nous perdre,
ou nous sauver. Moins nous méritons
de grace , plus il vous sera glorieux
de nous en faire. Les dieux nous ont
réunis : achevez leur ouvrage; rendez-
nous heureux.

Rhodope gardoit le silence : elle
voyoit couler nos larmes sans s'émou-
voir; nous attendions , en tremblant,
l'arrêt de notre vie ou de notre mort :
elle nous quitta sans le prononcer.

Cratisthene ne revenoit point : nous
n'avions plus qu'un jour à rester à Artycome ; si Rhodope avoit dit un mot à
Sostrate , nous étions perdus. Elle en
usa bien différemment; nous n'eûmes
point dans la suite de protectrice plus
zélée. O Rhodope ! puissé-je n'être plus
aimé par Ismene, si jamais je perds le
souvenir de vos bontés.

Nous touchions au terme de notre dé-
livrance: elle arriva dans le moment où

nous croyions en être le plus éloignés.
Déjà s'achevoit le sacrifice solemnel,
qui devoit terminer le ministère et les
honneurs de Dymas; il alloit partir,: il
m'emmenoit; je perdois Ismene. Sur la
fin de la cérémonie, on entend les cris
de deux mères affligées qui redeman-
dent leurs enfans; c'étoient Dianthée
et Panthia. Leur douleur toucha ceux
qui les entendirent. On s'émeut; on
murmure. Alors Sosthene et Thémisthée s'avancent vers l'autel. Peuple assemblé, dit mon père, en élevant la
voix, Sostrate et Dymas osent retenir
esclaves deux citoyens: ne souffrez pas
qu'on viole ainsi les prérogatives de la
nation; et vous, ministre d'Apollon,
ordonnez qu'ils nous soient rendus.

Sostrate et Dymas réclament le droit
de la guerre, qui les a faits nos maîtres.
Ils refusent de nous rendre. Assistés de
leurs amis, qui se rangent autour d'eux,
ils se mettent en état de nous arracher
du sanctuaire où nous nous étions ré-

fugiés. Le peuple s'oppose à Dymas :
Rhodope elle-même s'oppose à son père ;
Dianthée et Panthia secondent ses efforts. Le temple retentit de voix confuses ; la discorde échauffe les esprits ;
l'injustice étoit préte à triompher. Le
sacrificateur ne peut appaiser le désordre : il fait signe de la main qu'il
veut parler ; on l'écoute à peine : enfin
le respect l'emporte ; on fait silence.
Telles sont nos loix, dit-il ; un Grec ne
peut être esclave dans sa patrie ; si cependant Dymas et Sostrate ne s'en tiennent pas à ma décision, grand Apollon, apprends-leur ta volonté supréme.
Alors il se place sur le redoutable tré-
pied : sa raison se trouble ; ses yeux s'é-
garent, son corps s'agite, il tombe par
terre ; et plein de la fureur divine qui
l'inspire, il prononce cet oracle, ou
plutôt cet arrêt. « Qu'Ismene et Isme-
» nias soient affranchis : qu'on les re-
» mette à Sosthene et à Themisthée. »
Notre sort n'est plus douteux ; nous

sommes libres. Dymas sort en fureur
du temple, et retourne à Artycome. Au
nom de Sosthène, Sostrate se ressou-
vient que leurs pères ont été unis par
les nœuds sacrés de l'hospitalité : il se
plaint obligeamment à nous du mystère
que nous lui avons fait de notre naissance. On se reconnoît ; on s'embrasse ;
on se félicite : la paix se rétablit, le
peuple s'écoule, le sacrificateur nous
emmène tous chez lui.

Après les premiers transports de joie,
on parla de nos aventures. Le sacrificateur me pria de les apprendre à ceux
qui étoient à table avec nous. Je ne me
fis point presser ; et reprenant les choses
depuis ma première sortie d'Eurycome
jusqu'à ce jour, je satisfis pleinement
leur curiosité.

Ismene seule pouvoit suppléer à ce
qui manquoit à mon récit. Notre silence
lui faisoit assez voir que nous attendions
qu'elle parlât ; elle sentoit qu'elle ne
pouvoit s'en dispenser : mais la crainte

la retenoit. Sosthene remarqua sa ré-
pugnance : les pères ne perdent jamais
leurs droits ; il lui dit vivement : Il falloit rougir de ce que vous avez fait ;
pour vous empêcher de le faire, et non
pas avoir honte d'en parler. Obéissez.
Ce discours augmenta sa timidité : mais
malgré son trouble, elle commença de
la sorte.

Quand on m'eut jetée dans la mer,
les horreurs de la mort m'ôtèrent l'usage
de mes sens : je fus long-temps le jouet
des vagues, sans m'en appercevoir.
Lorsque je revins à moi, je me trouvai
assise sur un dauphin, qui me souleyoit
au-dessus des flots : j'étois si éperdue,
que je le laissois errer çà et là. Loin de
songer que c'étoit peut-être le même qui
avoit autrefois sauvé Arion, je le prenois
pour un monstre qui m'alloit dévorer ;
et cependant je l'embrassois étroitement. Un enfant aîlé vint se mettre
auprès de moi : il conduisit à terre mon
libérateur ; je le reconnus : c'étoit l'a-

mour. Cruel auteur de mes peines, lui disois-je, voulez-vous m'exposer à de nouvelles infortunes? N'ai-je point assez souffert? Que ne me laissez-vous mourir? Ismene, me répondit-il, vos maux sont l'ouvrage du destin : je ne règne que sur les cœurs; je ne puis rien contre les événemens : vous reverrez Ismenias. Il s'envole, et me laisse sur une rive déserte.

J'y restai quelques jours, je n'attendois que la mort, lorsqu'un vaisseau se présente à ma vue. Je lève les mains au ciel : on m'apperçoit; on vient à mon secours : je trouve des malheureux à peine échappés à la tempéte que j'avois essuyée. Quel spectacle ! n'attendez pas que je vous en retrace l'image. L'excès de leur misère ne les empécha point d'être sensibles à la mienne. Non contens de réparer le désordre de mes habits, ils partagèrent avec moi quelques restes de vivres que la mer avoit épargnés.

Ils n'eurent pas le tems de respirer : des corsaires, ou plûtôt des bétes féroces les attaquent. Quelle résistance pouvoient-ils faire ? Leur mort suivit de près l'esclavage. Ces épouvantables Éthiopiens, dont l'idée me fait encore frémir, ne réservèrent que moi seule. Ils me conduisirent à Artycome. Sostrate me vit couronner de laurier, en sortant de la fontaine de Diane ; il m'acheta pour sa fille : j'ai trouvé dans sa maison la fin de mes disgraces. Charmante Rhodope, je n'oublierai jamais que vous avez été ma maîtresse ; vos bontés vous ont acquis sur moi des droits éternels. Vous m'avez rendu la liberté : mais vous n'avez point affranchi mon cœur.

Ismene n'en dit pas davantage. Sostrate admira sa discrétion. Et vous aussi, lui dit-il, vous êtes ma fille. O mon père ! s'écria Rhodope, en embrassant Ismene, vous me donnez une dangereuse sœur : mais je l'aime assez pour

ne

ne lui point envier votre tendresse,
Sage Sostrate, lui dit Sosthene, que
n'ai-je aussi un fils à vous offrir! Ce
bonheur regarde l'heureux Thémisthée;
Callisthene, frère d'Ismenias, est seul
digne de Rhodope. J'attends de votre
amitié, reprit Sostrate, que vous en-
gagerez l'illustre Thémisthée à m'ho-
norer de son alliance. La vôtre, lui dit
mon père, est si glorieuse, que je n'aurois osé y prétendre. Pendant qu'ils
se donnent des marques mutuelles
d'union et de tendresse, et que Panthia et Dianthée versent des larmes de
joie, Rhodope me dit, sans être en-
tendue que de moi : Du moins,
Ismenias, du moins vous serez mon
frère. Je n'eus pas le temps de lui répondre; nous remerciâmes le sacrificateur, comme le méritoit le service
important qu'il venoit de nous rendre,
et nous partîmes.

Ismene voulut passer par Artycome,
et tenter encore l'aventure de la fon-

Q

taine de Diane. Je m'opposois à une épreuve inutile, qui retardoit mon bonheur ; elle me sut gré de ma confiance ; mais elle fut bien aise d'avoir de nouveaux témoins de sa vertu.

Nous arrivâmes à Aulicome; j'y trouvai mon cher Cratisthene, qu'une fièvre violente avoit empéché de venir à Daphnipolis. On envoya chercher Callisthene, qui ne s'attendoit pas que ce fût pour le rendre possesseur d'une des plus belles personnes du monde. Son mariage et le mien s'accomplirent le méme jour; ce fut dans les jardins de Sosthene. La Grece n'avoit point encore vu de spectacle si pompeux : mais que cette brillante journée me parut longue! Que les fêtes impatientent un amant, qui n'attend que leur fin pour être heureux! La nuit ne viendra-t-elle point , disois-je à Ismene? Ne serons-nous jamais seuls? Nuit délicieuse! déjà vous êtes passé

Dieux ! si toutes celles qui la doivent suivre lui ressemblent, je n'envie point votre sort.

FIN.